LE CAHIER
DE CONDOLÉANCES

MAURICE PÉRISSET

LE CAHIER
DE CONDOLÉANCES

Collection

LES MAÎTRES DE LA LITTÉRATURE POLICIÈRE

LE ROCHER
Jean-Paul BERTRAND
Éditeurs

CINÉMA

ÉDITIONS DENOËL
Raimu

ÉDITIONS GARANCIÈRE
Marilyn Monroe

ÉDITIONS OUEST-FRANCE
Gérard Philipe

THÉÂTRE RADIOPHONIQUE
Émission « Les Tréteaux de la nuit »
de Patrice Galbeau (France Inter)

*La Veilleuse des morts, Chantage blues, Rosa ou les vieux jours,
La Mémoire du cœur, Vies balafrées, La Mort passe outre, La
Nuit du 5 juillet, Rendez-vous dans l'île.*

Émission « La Dramatique de minuit »
de Patrice Galbeau (France Inter)

*Maldonne, Terme échu, Impair et passe, Le Jeune homme triste,
Un parfum de gardénia.*

Nouer un lien, c'est le début de la corruption.
Joseph Conrad

Jusqu'à la dernière minute, Maxence Gondrand-Larrivière avait tremblé. Le trac, sans doute, le trac ou autre chose de plus confus, l'impression, aussi, de jouer à quitte ou double dans un pari où il avait tout à perdre. Sauf incident maintenant très improbable, son rêve le plus fou — obsession ridicule pour les esprits malveillants — allait connaître dans quelques instants la consécration.

La presse était là, à l'exception de quelques critiques irascibles qui se refusaient à quitter Paris pour assister à un concert fût-il prometteur de qualité ; en revanche Philippe Soyeur, le critique de l'*Univers* s'était déplacé. De l'endroit où il se trouvait, entre la scène et les premières rangées de sièges, Maxence pouvait voir ce pourfendeur de faux talents et de fausses gloires dodeliner d'une tête gourmande, battre presque la mesure d'une main sèche et diaphane. Si celui-là consacrait un article à sa manifestation, et de surcroît un article favorable, c'était gagné. Alors, ceux qui l'avaient snobé se mordraient les doigts de n'avoir pas répondu à son invitation.

> Maxence Gondrand-Larrivière
> vous prie de lui faire l'honneur d'assister au concert
> qu'il organise dans sa propriété des Vigneaux (Loi-
> ret) le 20 juillet à 22 heures.
> Au programme, des œuvres de Bach, Haendel,
> Haydn.
> Sarita Talardi-Choisel, les chœurs et l'orchestre
> Philippe Casadex interpréteront
> l'*Exultate Jubilate* de Mozart

— Vous voulez inviter le Tout-Paris, c'est ça ? lui avait dit Sarah, sa femme.

Le Tout-Paris ou le Tout-Loiret ? Il avait veillé à ce que Sarah appelait « l'aristocratie locale » ne fût pas absente de ce concert qui compterait dans les annales du département. Mais la majeure partie des deux cents invités qui se pressaient dans la grange qu'il avait fait aménager à grands frais au bas de sa propriété était composée d'artistes, de comédiens et surtout d'écrivains et de journalistes.

— Bien sûr, avait repris Sarah, ils viendront puis-qu'ils sont tous, plus ou moins, vos obligés !

L'Empire Gondrand-Larrivière. Flatté, se rengorgeant sans trop le montrer quand on employait l'expression devant lui, Maxence jouait au modeste avec une grande conviction.

— Un empire, c'est beaucoup dire. Ce qu'il y a de sûr, c'est que je l'ai bâti tout seul, de mes mains, ou presque.

Un sourire tirant sa lèvre, il ajoutait :

— J'ai débuté comme grouillot dans un journal dont je suis devenu quelques années plus tard le propriétaire.

Légende ? Pas tout à fait. L'ironie de son regard incitait son interlocuteur à ne pas prendre ses propos pour argent comptant. En réalité, alors qu'étudiant en droit il se destinait à la magistrature, comme son père, il avait hérité d'un oncle farfelu, et avec qui sa famille était depuis longtemps en froid, un hebdomadaire régional qui vivotait grâce à des annonces légales. Lui qui ne connaissait rien à la presse avait fait en quelques années du *Petit Loiret Illustré* une publication de très bonne tenue. Aux petites annonces, il avait ajouté des pages littéraires, cinématographiques, des jeux, des recettes de cuisine, un peu plus tard, en feuilleton, un roman à suspense commandé à un spécialiste du genre. Il avait vu le nombre de ses lecteurs croître régulièrement, puis se multiplier par trois dès la seconde année.

Bien que rien ne l'eût préparé à cette carrière, à laquelle il avait très vite pris goût, il était devenu en vingt-cinq ans un redoutable magnat de la presse. L'empire Gondrand-Larrivière se composait maintenant d'un hebdomadaire de télévision, d'un mensuel de cinéma, de deux magazines féminins à gros tirages et de deux publications enfantines. Enfin, deux ans plus tôt, il avait ajouté une nouvelle corde à son arc : l'édition. Sarita Talardi-Choisel, qui chantait Mozart, ce soir, d'abord pour lui, ne lui avait-elle pas promis de lui confier ses mémoires ? Quand on connaissait tant soit peu la vie sentimentale tumultueuse de la diva, l'espoir de gros tirages était permis. Prudent, il avait cependant attaché un jeune journaliste de la maison aux pas de la cantatrice : il saurait très bien tenir la plume à sa place.

Maxence ferma les yeux. Un instant distraite, son attention se reporta sur la cantatrice en fourreau fuchsia. Sous le vieux bâtiment que les projecteurs magnifiaient, l'*alleluia* prenait toute son ampleur. Quand les dernières notes, d'une rare pureté, le frappèrent, il faillit gémir de plaisir, comme le faisait, dans les dernières années de sa vie, le violoncelliste Pablo Casals jouant du Bach. Lui qui se flattait de bien connaître Mozart le redécouvrait grâce à une œuvre où le fou et le sage de Salzbourg avait donné toute sa mesure.

Dans l'attente des applaudissements, il ferma les yeux, les rouvrit quand les acclamations déferlèrent. Il ressentit alors une joie intense, une sorte de plénitude. Ses invités, debout, faisaient une ovation à la cantatrice, aux chœurs, à l'orchestre et à leur chef. Il perçut le battement de son sang à son cou et lui qui, toute sa vie, s'était flatté de se tenir en main, une main de fer, précisait-il, se laissait envahir par l'émotion. Il se raidit cependant quand la voix de sa femme, comme à l'accoutumée sarcastique, le cingla :

— Allons, Maxence, vous n'allez pas vous laisser aller à pleurer, comme une gamine sentimentale ?

Sarah. Grande, mince, superbe, elle portait avec une espèce d'ostentation une cinquantaine allègre. Blonde — le coiffeur de la rue La Boétie faisait des prodiges pour que ce blond parût naturel — la peau mate hiver comme été parce que les instituts de beauté veillaient à ce qu'il en fût ainsi, l'éclat de ses yeux bleu-vert était célèbre parmi les jeunes gens souvent différents qu'elle entraînait dans son sillage. Maxence ne s'offusquait pas des ragots qui parvenaient jusqu'à lui. A part une indépendance dorée — plus que dorée, d'ailleurs — que pouvait-il offrir à sa femme ? La cinquantaine largement dépassée, il avait conscience que rien d'autre ne l'intéressait que son empire de presse, qui le dévorait plus de 14 heures par jour, qui dévorait ses week-ends, aussi, et parfois ses soirées. Sarah livrée à elle-même, belle, courtisée, désirée, s'accommodait d'une union qui n'avait d'union que le nom. Quand on la poussait dans ses retranchements, elle avouait qu'elle se moquait que son mari eût des maîtresses.

— Vous croyez qu'il a le temps de penser à ça ? disait-elle en riant, de ce rire de gorge étudié et qui donnait dans le faux cristallin.

Elle ne mentait pas. Maxence avait-il jamais eu une vie sentimentale ? Ce qui ne l'empêchait pas, elle, de mener une vie très libre, de dévorer d'interchangeables amants comme des bouchées au chocolat, l'essentiel étant qu'ils fussent jeunes, beaux et intelligents. Pour la galerie, elle les souhaitait également élégants, en perpétuelle représentation, afin de faire honneur au standing des Gondrand-Larrivière. Et qu'importait qu'elle suscitât des jalousies, du moment que ce n'était pas celles de son mari ? Maxence n'avait pas le temps d'être jaloux et c'était peut-être cela qu'inconsciemment elle lui reprochait.

— Cessez de rêver, reprit-elle. Mozart, c'est fini. N'oubliez pas vos invités...

Puis, sarcastique malgré elle :

— A cause de votre mégalomanie, nos pelouses vont être saccagées...

De l'autre côté de la pièce d'eau miroitante de reflets sous les feux des projecteurs, au bout des pelouses, le buffet était dressé, derrière lequel des serveurs attendaient, soldats blancs et noirs à la parade, comme dans une mauvaise opérette. Trente mètres de tables mises bout à bout, dont les nappes se balançaient pareilles à des vagues sous le vent léger. Et des fauteuils de jardin un peu partout. Des bouteilles de champagne à profusion dans des seaux de métal brillant où s'entrechoquaient des glaçons et, sur les tables, maintenant, des plats d'argent regorgeant de denrées rares. Les réceptions des Gondrand-Larrivière étaient réputées pour être fastueuses et, comme il les savait très courues, Maxence s'était fait un point d'honneur à ne pas mentionner sur les cartons d'invitation qu'une réception suivrait le concert. Seuls les vrais mélomanes en bénéficieraient.

— Regardez-les ! dit Sarah. Ils sont agglutinés devant le buffet comme des animaux affamés. Ecœurant ! Vous venez donner le signal de la curée ?

L'acrimonie de Sarah, frappée d'ailleurs au coin du bon sens, n'était que verbale ; dans quelques minutes, amusé, intéressé, toujours surpris, aussi, et admiratif, Maxence allait la voir évoluer d'un groupe d'invités à un autre, sans s'intégrer à aucun, sourire, éclater de rire, affable sans défaillance et cordiale sans effort. Une parfaite comédienne doublait la maîtresse de maison dont, ce soir encore, il admirait l'efficacité. Si elle désapprouvait ce concert ruineux, elle n'avait pas moins joué avec brio la partie qu'il attendait qu'elle joue. Le couple devait être à la hauteur de l'empire de presse : d'apparence florissant.

Sarah mit la main sur le bras de son mari.

— Fermez les yeux et écoutez. Si on a le malheur d'y prêter attention, le verbiage des gens devient vite insupportable.

Surpris, Maxence obéit et le brouhaha lui parut à ce point agressif qu'il eut envie d'abandonner là ses invités et de se réfugier dans ce que sa femme appelait « ses appartements », c'est-à-dire la totalité de l'aile gauche de la maison, aménagée selon ses goûts austères alors qu'elle, dans l'aile droite, n'avait pas su résister aux satins, aux lourds rideaux, aux velours frappés qui faisaient immanquablement penser à un décor de théâtre. Le grand salon, la salle à manger, les chambres d'amis, se trouvaient dans le centre du bâtiment, les parties communes, en quelque sorte.

Sarah eut un petit rire complice :

— On y va ?

Happés par les invités, ils se trouvèrent séparés et Maxence ressentit comme un vide, pis, un déchirement ; cela ne lui était jamais arrivé auparavant et sa surprise n'avait d'égal que ce sentiment de frustration. Si son amour pour Sarah s'était transformé en habitude, il mesurait cependant combien il lui restait encore attaché. Troublé, il ne comprenait pas cet attendrissement qu'en temps ordinaire il eût volontiers qualifié d'incongru. « Décidément, je vieillis », se dit-il. Etait-ce parce que cette assurance tranquille qui avait toujours été la sienne, et dans tous les domaines, devenait aussi insaisissable que de l'eau dans les mains ?

Brusquement contrarié, il poussa une exclamation sourde quand il aperçut une silhouette près d'un hêtre, en grande conversation avec quelqu'un qu'il ne connaissait pas et que, manifestement, personne ne lui avait présenté. Un invité de Sarah ? Mais non, ils avaient confronté leurs listes, ne conservant que des noms connus puisque les places étaient fort limitées.

Lentement, trouvant puérile la nécessité qu'il avait soudain de se dissimuler derrières les haies de charmilles, il s'approcha du couple dont les éclats de voix lui parvenaient maintenant. Toute proche, la silhouette de l'homme continuait à lui demeurer inconnue, la voix aussi, basse, à l'accent vulgaire. Il répondait à une autre voix, familière cette fois, mais dont l'âpreté irritée le surprenait.

— Je t'avais dit de rester à ta place ! De ne pas me suivre comme un toutou ! Je ne souhaite pas qu'on nous voie ensemble, et tu sais pourquoi. De plus tu m'empêches de faire mon travail !

— Ton travail ? Il est terminé, non ? Tu es libre maintenant ?

— Non, figure-toi ! Je dois m'occuper des invités jusqu'à ce qu'ils quittent la propriété. La consigne est claire : chacun d'eux doit avoir l'impression qu'il est un privilégié...

— Et qu'est-ce que tu fais de ta fameuse liberté ? J'avoue que ta docilité me surprend...

— Tant qu'une partie n'est pas jouée jusqu'au bout, elle n'est pas gagnée. Plus que jamais, je dois être vigilante. Tu le sais aussi bien que moi, mais tu ne veux rien comprendre...

— Ne me dis pas maintenant que tu n'as pas tout prévu ?

— J'ai tout prévu, sauf l'imprévisible !

— Attention, tu fais de la littérature !

— L'imprévisible, tiens, c'est toi, en ce moment, avec cette scène idiote ! Tu avais promis de te faire tout petit et voilà qu'un certain nombre de gens nous regardent. Va donc te rasseoir ou, et ce serait encore mieux, va vers le buffet et laisse-moi faire ce que j'ai accepté de faire. De toute façon, je me rends compte que j'ai été idiote d'accepter de t'emmener. Tu t'es ennuyé au concert comme c'est pas permis et je vois bien que tu ne te sens pas à l'aise au milieu des artistes, des comédiens, des...

— Des snobs et des cons, dis le mot ! Mais je ne voulais

pas manquer l'occasion de voir de près la résidence des Gondrand-Larrivière, ni les gens qui y habitent. Pas mal, pas mal... Ton éditeur, il baise bien ?

Immobile derrière la haie touffue, tendu, prêt à intervenir, mais s'y refusant, Gondrand-Larrivière attendait l'éclat qui ne pouvait pas ne pas se produire. Le silence qui pesait soudain le surprit. Son étonnement s'accentua quand il entendit le petit rire qu'il connaissait bien et la voix aussi, mais changée, qui disait avec une espèce d'attendrissement passionné :

— Mais tu es jaloux !

— Jaloux, moi ? Tu m'as bien regardé ?

— Justement, je te regarde. Et tu me donnerais plutôt envie de rire...

— Prends garde ! Si tu joues avec moi, tu ne sais pas ce qui t'attend ! Je commence à y voir clair dans ton jeu ! Si j'ai voulu venir ici, et voir comment les choses se passent, c'est bien parce que j'avais des doutes...

— Explique-toi !

— Ton éditeur, c'est pas le vieux que tu m'avais dit ! Il est encore dans le coup, et comment ! Mes doutes ne sont pas levés, au contraire...

— Pauvre type ! Tu t'imagines peut-être qu'on n'arrive à rien dans la vie si on ne couche pas ?

— Fais gaffe à ce que tu dis ! J'ai des yeux pour voir et des oreilles pour entendre ! De plus, je constate que tu ne nies rien !

— Je ne nie rien parce qu'il n'y a rien à nier. Tu es complètement à côté de la plaque, mon pauvre vieux ! Tu voudrais que je fasse quoi ?

— Tu dis bonsoir aux gens, ou tu ne dis rien, et on se taille ! Moi, j'en ai ma claque de...

— Je te rappelle que c'est toi qui as voulu venir et que moi je ne peux pas partir comme ça. C'est tout. Tu vas au buffet ou tu m'attends dans la voiture. C'est clair ?

Gondrand-Larrivière vit le garçon s'éloigner et, en proie à un grand trouble, il revint sur ses pas. Il fut happé très vite par un groupe bruyant qui buvait ferme près du buffet en s'empiffrant de toasts au caviar et au saumon fumé.

— Mon cher, vous nous comblez ! Quelle merveilleuse idée d'avoir organisé ce concert ici ! Il n'y a que vous pour avoir des idées aussi originales ! Il y a longtemps que vous l'avez, cette propriété ?

Silencieux, comme frappé de stupeur, l'éditeur regarda un à un ses interlocuteurs. Passer sans transition de l'étrange, de l'inquiétante conversation qu'il venait de surprendre à cet échange de propos mondains lui demanda quelques secondes d'un effort soutenu. Conscient de son bref désarroi, il eut un petit rire et se dit qu'il manquait singulièrement de naturel en répondant, avec le plus de désinvolture qu'il le pouvait :

— Une dizaine d'années. Un presque hameau, flanqué de deux boqueteaux. J'ai fait abattre quelques bâtiments délabrés, un architecte de mes amis a ordonnancé les autres d'où il a tiré l'ensemble que vous avez sous les yeux. Ce qui m'a décidé alors d'acheter, c'était la modicité de la somme demandée. Mais c'était un piège : j'ai englouti une fortune dans la restauration des autres bâtiments !

— Et quelle autre bonne idée d'avoir aménagé cette grange en salle de concerts ! J'imagine que vous avez fait appel aux meilleurs acousticiens ?

— Evidemment.

— Quel résultat ! Notre diva me disait à l'instant qu'elle avait rarement été autant à l'aise que dans ce cadre. Elle a ajouté, mais je suppose qu'elle va vous le dire, qu'elle avait l'impression d'être portée par la musique...

Après cela, alors que lui-même avait ressenti la même émotion, comment dire au critique redoutable qui le complimentait que l'acoustique de la grange n'avait nécessité le concours d'aucun homme de l'art et que le son avait été admirable, d'un coup, comme ça ?

— Voici Sarita...

17

Gondrand-Larrivière avait recouvré son sang-froid. Il essuya d'un geste rageur la légère sueur qui perlait à son visage. Lentement, il revenait à ce concert qu'il avait passionnément voulu et qu'une scène de jalousie, perçue presque par hasard, avait un instant relégué au second plan.

La cantatrice s'arrêta, laissa l'éditeur venir vers elle. Elle lui tendit la main sur laquelle il se pencha, rit de son fameux rire de gorge quand il la complimenta :

— Les mots me manquent, lui dit-il simplement.

Sa voix tremblait et elle le regarda, soudain attentive. D'un seul coup, redevenue femme, elle dit :

— Merci. Votre public a été ravi, soit, mais moi je l'ai été plus encore. Tout a contribué au succès. C'est moi qui vous suis reconnaissante...

Quelques secondes d'une émotion partagée, fugitive, et, déjà, redevenue la diva adulée sans partage, elle ronronnait sous les hommages, jouait, à la perfection, un rôle depuis longtemp au point.

Ce soir, c'est vrai, Sarita n'avait pas fait de caprice. Docile comme une débutante aux répétitions, acceptant sans rechigner la discipline que lui imposait un chef d'orchestre perfectionniste jusqu'à l'obsession, elle ne s'était pas retirée, après le concert, comme elle en avait manifesté l'intention, dans la chambre du rez-de-chaussée qui lui avait servi de loge et elle allait des uns aux autres, simple, charmante et attentive, ce qui comblait d'aise un Gondrand-Larrivière qui ne parvenait pas à se détendre.

Alors que ses invités désertaient par petits groupes le buffet, Maxence éprouva le besoin d'être seul. Quelque effort qu'il fît pour oublier la conversation qu'il avait surprise, il ne parvenait pas à s'affranchir de la crainte, sans doute injustifiée, qu'il avait éprouvée alors. Quand il s'était fait une idée précise des gens, rien ne l'irritait, ne le dérangeait davantage que de devoir revenir en arrière, modifier son opinion. En temps ordinaire, pourtant, découvrir la face cachée des gens le fascinait. Mais pas ce soir, où ce qu'il avait entendu l'obligeait à remettre en question quelqu'un qui lui était cher.

Il marcha vers la piscine. Sous les ormes centenaires, il faisait frais et, de loin, il contempla les longues tables mises à sac, les lumières qui rendaient plus belle, presque magique, une demeure dont les architectes, tout en la modifiant profondément, avaient préservé l'authenticité. Il ferma les yeux, soudain las, les rouvrit aussitôt, à nouveau attentif. Non, ce n'était pas vrai, la scène de ménage recommençait non loin de lui, derrière le petit puits d'opérette qu'il avait conservé là, incongru dans le nouveau paysage, mais que l'homme de l'art avait décrété « authentique », un vieux puits cerné par des chênes aux troncs grisâtres envahis par les lichens. Il entendit à nouveau la voix basse et menaçante de l'homme et la voix aiguë de la femme.

— Non, je te le répète, non ! Pas ce soir ! Tu peux faire le chantage que tu voudras, je ne céderai pas. Ce soir, il est tout à son triomphe. Et je serais la dernière des garces si je le lui gâchais. Et puis, ça nous avancerait à quoi ? Il prendrait toutes les dispositions qu'il faut pour nous contrer et il y parviendrait sûrement.

— Ce qui voudrait dire que vous vous y êtes prises comme des manches ?

— On voit bien que tu ne le connais pas. Je te répète que tu es en dehors du coup et j'entends bien que tu y restes ! Ton obstination me surprend...

— Je veux ma revanche !

— Quelle revanche ?

— Je me comprends ! Et toi aussi, tu me comprends !

— Absolument pas. Tu ne vas pas recommencer... Je suis fatiguée de ta jalousie imbécile. Et sans objet, je le répète. Occupe-toi de tes affaires et laisse-moi m'occuper des miennes ! Elles sont suffisamment compliquées pour que tu ne t'en mêles pas ! Laisse-moi ! J'ai encore des choses à faire !

— Je sais. Et je ne comprends pas pourquoi tu m'écartes ! Souviens-toi, la dernière fois, si je n'avais pas été là, tu te laissais bel et bien rouler...

— Mais non. Je sais ce que je veux et surtout ce que je ne veux pas. Et je sais très bien aussi ce que je vais dire...

Gondrand-Larrivière aimait parfois se jeter dans la bagarre sans réfléchir. Il s'apprêtait à marcher vers le puits pour en avoir une bonne fois pour toutes le cœur net, quand il aperçut sa femme qui venait dans sa direction. Elle posa la main sur son bras :

— Où allez-vous ? C'est le moment d'aller serrer des mains et des mains et de dire : « A bientôt, chers amis, tout le plaisir a été pour nous ! »

Tenté de gagner du temps, mais se refusant à parler à Sarah, il céda cependant, peut-être parce qu'au fond de lui il avait peur d'affronter une vérité qu'il ne faisait que pressentir.

— Oui, c'est le moment, dit-il, d'une voix sourde. La corvée...

— Eh bien, on y va ? Mais permettez-moi de vous dire que je ne vous comprends pas. Vous n'êtes pas content ?

Tout en foulant le gravier du chemin qui crissait sous ses pas, il pensa qu'en bonne logique il devrait effectivement savourer sa victoire. Une victoire ô combien dérisoire, il s'en rendait compte maintenant. Et il s'interrogeait. Aurait-il dépensé une petite fortune pour rien ? Vraiment pour rien ? Il ne savait plus. Tout avait désormais si peu d'importance... Les rêves perdent-ils tout sens dès lors qu'ils sont réalisés ? Il aurait voulu pouvoir s'enfermer dans son bureau et laisser ses invités, fussent-ils célèbres, s'en aller les uns après les autres. Mais cela n'était pas possible. En compagnie de Sarah, il allait donc recevoir les compliments et les remerciements des gens que, cette nuit, il avait gavés de musique et de mets précieux. Savoir ce qu'ils avaient le plus apprécié ? Il se vit recevant des condoléances à la sortie d'un cimetière.

Sarah avait retrouvé son sourire de commande. Elle posa sur son bras une main possessive et Maxence, à cet instant reconnaissant, se dit qu'il avait épousé une maîtresse femme.

Le paysage avait repris son immobilité. Le silence pesait maintenant sur les pelouses, moins saccagées que Sarah ne l'avait redouté, sur les arbres du bois, masses sombres et rassurantes qui ne ressemblaient plus à un décor de film magnifié par les projecteurs.

D'un seul coup, Maxence ressentait une immense fatigue. Les nombreux soucis suscités par la soirée exceptionnelle qu'il avait passionnément voulue n'en étaient pas l'unique cause. S'y ajoutait, aussi douloureuse, aussi lancinante qu'une écharde sous la peau, la conversation dont, près du vieux puits, il avait surpris des bribes. Que pouvaient signifier ces propos assez vifs saisis au vol ? Qui, en fait, était menacé ? Lui, personnellement, ou bien l'éditeur, ou bien le patron de presse ? Le réaliste qu'il était regrettait de n'avoir pu intervenir à cause de l'arrivée inopportune de sa femme. En même temps, il se disait qu'il aurait pu tout aussi bien se ridiculiser. Interroger celle qu'il avait découverte sous un jour nouveau l'aurait conduit sans doute à une impasse. Il avait du mal à admettre qu'elle ne ressemblait en rien à l'idée que, dès le début, il s'était faite d'elle. Cependant, la révélation l'avait atteint de plein fouet.

— Vous n'allez pas vous coucher ?

Sarah venait de le rejoindre sur la terrasse.

— Pas sommeil. J'ai tellement vécu sur les nerfs tous ces jours-ci...

— Encore des soucis ?

Sur le point de faire partager ses doutes à sa femme, il préféra s'abstenir et subir sans broncher ce qu'en d'autres circonstances il eût considéré comme des sarcasmes. Elle aussi, ce soir, jouait un jeu dont il ne comprenait pas les règles. Il se surprit à lui donner la réplique avec calme, comme si leurs propos participaient d'il ne savait quelles banalités mondaines.

— Je vous reconnais bien là ! Vous vous lancez sur la corde raide et vous avez peur, ensuite, de tomber ! Rien ne vous obligeait à la donner, cette soirée !

— Si, justement, et vous le savez bien. Je devais prouver au Tout-Paris que l'empire Gondrand-Larrivière était toujours d'une solidité de roc.

— Il ne l'est plus ?

— Ne jouez pas à l'innocente ! Vous n'ignorez pas les propos malveillants que nos concurrents font courir sur nous...

— Ils sont fondés ?

Sur le point de tricher, il s'y refusa. Donner le change à Sarah ne servirait à rien. Elle savait très bien à quoi s'en tenir.

— En gros, ils ne le sont pas. Mais certains signes pouvaient laisser penser à nos adversaires que la situation de plusieurs de nos titres était moins brillante qu'il y paraît. Le tirage de deux de nos hebdomadaires féminins est en baisse constante.

— Ce qui va se traduire par quoi ?

— Je ne sais pas. Nous avons procédé à une très minime compression de personnel. Rien ne sera changé jusqu'à la rentrée. Mais à ce moment-là, je serai peut-être amené à licencier plus massivement. Et chercher peut-être des capitaux à l'extérieur...

— En clair, nous risquons de ne plus être majoritaires dans notre société ?

— Il y a un peu de ça, oui. Mais la situation n'est pas

23

encore dramatique. Le concours d'été qui a démarré il y a quatre semaines pour relancer *Bonjour Madame* a l'air d'être apprécié. Les ventes ont sensiblement augmenté, mais ce n'est pas encore suffisant.

— Vous voulez que j'en parle à mon père ?

Maxence fit un violent effort sur lui-même pour ne pas s'écrier : « Tout, plutôt que ça ! » Silencieux pendant quelques secondes, il dit simplement, d'une voix changée :

— Il faut attendre encore un peu. Nous avons connu des situations plus délicates. Et nous avons toujours trouvé la solution pour redresser la barre au bon moment.

Son beau-père. Alexandre Peyrolles. L'arbre qui peut devenir centenaire parce qu'il est fait d'un bois très dur. Un empire de ciment, de briques, de plâtre, dans la vallée du Rhône. Une fortune que l'on disait colossale quand il avait épousé Sarah, une morgue qui ne l'était pas moins. Et un mépris d'autant plus cruel qu'il s'affichait à peine. Une piqûre d'amour-propre laisse peu de traces, même si elle fait mal dans l'instant, mais l'accumulation des piqûres finit par devenir insupportable. Au fil des ans, Maxence en était arrivé à haïr ce beau-père paternaliste, rétrograde, incapable de donner un conseil sans prêcher et qui l'avait toujours considéré, lui, le « dilettante », comme quantité négligeable.

— Et pourquoi non ? reprit Sarah. Après tout, je n'ai jamais demandé de compte à mon père. A la mort de ma mère, je l'aurais pu. Elle avait un bon petit paquet d'actions des cimenteries.

— Je n'en suis pas encore réduit à mendier des secours. Le malade a seulement besoin d'un petit remontant. Avant d'en arriver à solliciter quoi que ce soit de votre père, j'ai d'autres solutions...

Elle dit, d'une voix sourde :

— C'est vrai, vous ne l'aimez pas...

Le petit rire de Maxence se cassa :

— Et lui, il m'aime ? Vous n'allez quand même pas

essayer de me faire croire qu'il éprouve quelque intérêt pour moi ?

— Maxence, vous m'agacez ! Ce n'est ni le lieu ni l'heure de commenter les décisions de mon père !

— C'est vous la première qui avez parlé de lui. Pas moi. Moi, je constate simplement ceci : vous l'avez invité au concert et il n'est pas venu. Il est pourtant à Paris en ce moment. Il n'a même pas daigné donner un coup de fil. Son absence a sans doute été remarquée. Et commentée, comme il se doit !

— Vous êtes extraordinaire ! Vous savez très bien qu'il ne sort plus le soir depuis longtemps. A plus forte raison pour une manifestation qui avait lieu presque en plein air !

— Je dois m'attendrir ? Si vieux qu'il soit, ne me dites pas qu'il n'a pas la force de téléphoner ?

— Personne ne vous a jamais dit que vous êtes parfois odieux ?

Le ton montait ; Sarah n'allait pas tarder à lui jeter au visage ces mots blessants dont elle avait le secret et qu'elle croyait définitifs. Maxence se disait que la querelle serait d'autant plus stupide que son désaccord avec son beau-père datait de trop longtemps pour avoir encore un sens. Il en fut si contrarié qu'il ressentit comme un malaise ; la sueur envahissait son visage et glissait sous ses aisselles ; il avait l'impression que l'air allait lui manquer. Il fit un violent effort sur lui-même et le malaise se dissipa. Sarah, qui n'avait rien remarqué, se dirigea vers la porte-fenêtre et dit d'une voix soudain calmée en se retournant :

— J'étais simplement venue vous demander quel est l'ordre du jour de la réunion de demain. Si vous avez tenu à garder aux Vigneaux quelques-uns de nos invités, ce n'est pas pour le simple plaisir de les avoir à notre table pour le week-end ?

Il s'efforça de lui répondre sur le même ton, sans y parvenir tout à fait :

— Une réunion de travail, en effet. Importante et

probablement fort longue. Vous, Sophie, Guilaine et Juan, Bersetton aussi.

— Et pas Sabine Servier ?

— Elle, je la verrai un peu plus tard, après les autres. J'aimerais que vous assistiez à l'entretien.

— Ça concerne son nouveau roman ?

— Oui et non. Je suis surpris par son attitude. Je la trouve fuyante, indifférente, en un mot pas dans le coup. On dirait que plus rien ne l'intéresse. Je me demande même si elle travaille à son second roman...

— Il est pourtant programmé pour la rentrée...

— C'est bien ce qui m'inquiète. J'ai l'intention de me montrer très ferme. Après tout, nous lui avons signé un contrat et l'avance que nous lui avons consentie est substantielle. Tout est prêt pour le lancement de son livre et je ne voudrais pas qu'elle nous fasse faux bond au dernier moment.

— Vous l'en croyez capable ?

— Vous savez aussi bien que moi combien le succès peut transformer la tête la plus froide en grosse tête.

— Qu'est-ce qui vous permet de douter ainsi ?

Sur le point de parler, tenté une nouvelle fois de tout dire à Sarah, un incertain scrupule le retint.

— Nous ne pouvons pas nous permettre le moindre faux pas. Surtout en ce moment. Vous savez combien votre collection a besoin d'un nouveau et très grand succès de librairie...

Elle perçut la réticence de Maxence, le regarda. Mais la nuit lui cachait les traits de cet homme qu'une fois de plus elle ne comprenait pas. Elle percevait son imprévisible dérobade et, sachant trop qu'elle n'en pourrait rien tirer, elle lança en se retournant :

— Je suppose que vous n'avez rien d'autre à me dire ? Alors, je vais me coucher. Et je vous conseille d'en faire autant. Bonne nuit.

Maxence fit quelques pas sur la terrasse. Quelle heure pouvait-il bien être ? Il avait laissé sa montre sur la tablette de la salle de bains et il n'avait pas le courage d'aller la chercher. Trois heures du matin ? Davantage ? Pas de lumière aux fenêtres, lui seul veillait. Sa robe de chambre sur ses épaules, il s'assit dans un fauteuil de rotin aux coussins déjà humides.

Le vent léger s'était pourtant levé et, dans le ciel, de petits nuages pommelés fuyaient. Dans le lointain, un chien aboya, un autre lui répondit et, pendant quelques instants, de maison en maison, les aboiements se répercutèrent, puis le silence revint. Maxence avait froid, soudain. Il entra dans sa chambre, jeta sur ses épaules la veste de laine blanche que sa femme lui avait offerte au temps où elle se plaisait à lui faire des cadeaux, pour rien, pour le simple plaisir, et il revint vers la terrasse. Il ne se résignait pas à se coucher, sûr que le sommeil ne viendrait pas. C'était étrange, il ne pensait plus à rien, comme si, anesthésié, il se détachait soudain de ses préoccupations. Il était là, engourdi, la tête vide.

Il porta la main à sa bouche. Une silhouette claire traversait la pelouse, s'enfonçait dans le bois. La femme marchait à pas lents, un peu comme glissent dans les rêves des créatures immatérielles. Même sous la lune, la silhouette était trop éloignée pour qu'il pût l'identifier. Qui cela pouvait-il bien être ? Une des filles de service qui logeait dans les communs, au bas de la propriété ? Invraisemblable, mais pas impossible. S'engageant dans les taillis, la silhouette avait disparu.

Quelque chose se glaçait en lui avec une extrême lenteur et puis, ce fut comme un coup de poignard qu'il ressentit dans la poitrine du côté gauche, un peu au-dessus du cœur. En même temps, il eut l'impression de perdre progressivement l'usage de sa vue et de son ouïe. La douleur s'accentuait dans sa poitrine et il poussa un gémissement. Puis la douleur disparut d'un seul coup et il se retrouva un peu plus tard allongé sur le ciment de la terrasse. A nouveau, une sueur glacée avait envahi son visage, humectant ses vêtements. Pour la première fois de sa vie il eut vraiment peur. Et cette peur accrut encore la sueur poisseuse sur sa figure, qu'il essuya d'un lent et maladroit revers de manche. Que lui était-il arrivé ? D'un seul coup, lui revenaient à l'esprit les propos du docteur Hardey, le célèbre cardiologue, son ami :

— Attention, Maxence, l'infarctus te guette ! La cuisine raffinée, l'abus du tabac et la vie de dingue que tu mènes, ça se paye un jour, très cher. Ménage-toi, mon vieux ! Je ne plaisante pas. Ménage-toi, il n'est que temps !

La seule chose qu'il avait consentie alors, c'était de se soumettre à un chek-up qui s'était révélé catastrophique : une hypertension folle, un taux de cholestérol anormal et un électrocardiogramme alarmant.

— Repos presque absolu, avait alors décrété Hardey, ou je ne réponds de rien !

Comme s'il était facile de prendre du repos quand on est à la tête d'un empire de presse, d'une maison d'édition et qu'on veut garder un œil sur tout ? Sarah avait organisé pour lui un séjour de trois semaines en Bretagne, luxe, calme et pas volupté, mais il n'avait pu supporter l'inactivité plus de quelques jours.

— Ton attitude est suicidaire, lui avait dit Hardey. Tant pis pour toi, mon vieux !

A nouveau, dans son bureau austère du boulevard Malesherbes, parmi ses publications et ses livres, il était redevenu le redoutable et redouté Maxence Gondrand-Larrivière. Une résurrection. Plus aucune douleur dans l'épaule et dans le bras. Il est vrai qu'il avait consenti à suivre un régime sévère. Le premier surpris, d'ailleurs, c'était lui ; il n'avait pas trop souffert de ces contraintes qu'un temps il avait cru insupportables.

Maxence avança un bras prudent vers les balustres de la terrasse, n'eut pas de difficulté à se mettre debout, ni à s'avancer vers la salle de bains. Comme si rien ne lui était arrivé. Il se souvenait soudain des recommandations de Hardey :

— En cas de nouvelle crise, tu écrases sous tes dents

deux dragées de Soratrine. Les douleurs disparaîtront presque instantanément.

La lumière crue lui fit mal aux yeux et, dans l'armoire à pharmacie, il ne trouva pas la boîte de Soratrine. Il n'avait plus mal, certes, mais à l'idée qu'un second malaise puisse se produire, il fut pris de panique. Un nouveau malaise et pas de Soratrine! Glacé, ruisselant pourtant de sueur, il finit par découvrir la boîte de Soratrine entre son verre à dents et son rasoir, bien en vue sur la tablette. Les deux dragées un peu acides craquèrent sous ses dents sans produire le moindre effet. Il revint sur la terrasse. Presque au même moment, il entendit des bruits dans le couloir. Une porte que l'on ouvre ou qui se ferme? Des pas qui se rapprochaient de sa chambre? Tous sens en éveil, il était tendu à l'extrême. Mais le silence pesa à nouveau. Un long moment, il resta ainsi immobile, anxieux, intrigué et exaspéré. Puis il sentit d'un seul coup le sommeil venir. L'effet de la Soratrine, peut-être. C'est à ce moment-là que deux coups furent frappés à sa porte.

Abandonnée, la tombe était située au bout du cimetière, non loin d'une imposante chapelle où étaient ensevelis les corps des châtelains du lieu. Une petite tombe anonyme, à la pierre grise rongée par les intempéries, à la croix surmontée par un chapelet où ne subsistait plus que quelques perles. Un nom et deux dates effacées, des herbes folles tout autour, des ronces agressives, échevelées et envahissantes, mais surtout, surtout, les bras tendus en avant, la tête à demi enfoncée dans les ronces, un corps allongé et immobile.

L'homme poussa une sorte de rugissement quand il le découvrit, s'avança à pas prudents, marmonna quelques mots inintelligibles. Il avança une main hésitante, eut un mouvement de recul.

— Manquait plus que ça, grogna-t-il. Un cadavre !

La curiosité l'incitait à retourner le cadavre pour voir s'il ne s'agissait pas d'une habitante du village ; un vieux réflexe l'en empêchait : il ne faut toucher à rien et avertir les gendarmes. Ce qu'il fit du bistrot du coin, en parlant bas comme s'il détenait un secret, alors qu'il avait donné force détails aux trois ou quatre pochards du coin, qui savouraient leur petit blanc matinal avec des mines gourmandes.

— Les gendarmes arrivent ! dit-il en reposant le

combiné. Ils m'ont bien recommandé d'empêcher les gens d'approcher. Salut !

Il porta la main à sa casquette et, à vélo, il pédala le plus vite qu'il put jusqu'au cimetière situé au bas du village, dans un enclos à droite de la route ; un petit cimetière bien entretenu — c'était son orgueil puisqu'il était précisément chargé de cet entretien — bien fleuri et au demeurant pas triste. Le cimetière, c'était son domaine, à Sébastien. Lui qui vivait au Bignon-Mirabeau depuis sa naissance en connaissait beaucoup de ceux qui dormaient là : la bouchère dont tout le village vantait la gentillesse et la beauté, et qu'un cancer avait emportée à 35 ans, l'épicier, les fermiers d'alentour et jusqu'au poète, célèbre paraît-il, gloire du village, même si ceux qui lisaient son œuvre étaient rares. Fossoyeur, cantonnier, jardinier, Sébastien était tout cela, doux rêveur, un peu poivrot, mais consciencieux jusqu'à la maniaquerie : il n'avait pas son pareil pour traquer jusqu'à la plus petite touffe d'herbe entre les tombes.

Venue de Ferrières-en-Gâtinais, la camionnette de la gendarmerie stoppa devant le portail du cimetière moins d'un quart d'heure plus tard. Deux gendarmes en descendirent, bientôt suivis par l'adjudant Terrail, qui conduisait une voiture banalisée. Sébastien les attendait près du cadavre. Une robe de lamé blanc à rayures scintillantes sous le soleil, des chaussures de soirée également blanches, dont l'une gisait à quelques mètres du corps, pas de bijoux, une chevelure blonde répandue qui ressemblait à une mousse et, sur la nuque, du sang desséché, brun davantage que rouge.

L'adjudant interrogea un de ses hommes :

— Le légiste ?

— Le temps de sauter dans sa voiture et il arrive. Il faut une bonne heure pour venir d'Orléans.

De face, la morte paraissait dormir. Un visage jeune — vingt-cinq, trente ans ? — pas de maquillage et le bleu fixe des yeux, comme une eau morte. L'adjudant tourna la tête :

— Faites les constatations d'usage.

Un crime. Le premier dans sa circonscription où les délits de chasse, les infractions au code de la route, les problèmes de bornage étaient davantage son lot quotidien. Avec les vols dans les résidences secondaires, aussi, c'est vrai. Et parfois, comme cela avait été le cas six mois plus tôt, le démantèlement d'une filière de drogue. Mais un crime! Venir se faire assassiner dans un cimetière! Ce qui le rassurait un peu, c'était que la victime n'était manifestement pas du coin. En tout cas, il ne l'avait jamais vue. A la réflexion, toutefois, il était moins affirmatif. Depuis que les fermes du Gâtinais devenaient les unes après les autres des résidences secondaires de plus en plus luxueuses, même si elles gardaient l'aspect extérieur de fermes, depuis que des acteurs, des sportifs de haut niveau, des cinéastes, des écrivains y passaient les week-ends ou une partie de leurs moments de loisir, la population avait changé. A une centaine de kilomètres de Paris, un petit microcosme s'y créait. S'ils ne s'intégraient pas à la population, ces gens célèbres n'étaient pas rejetés par elle. Ils étaient en général discrets et on les appréciait d'autant plus qu'ils faisaient marcher le commerce, comme le disait la boulangère. De surcroît, ils n'étaient pas regardants sur les notes qui devenaient vite impressionnantes. Et, autant que l'adjudant pouvait en juger, cette fille en robe du soir devait sûrement faire partie de cette aristocratie du spectacle qui vivait en marge, certes mais qui, jusque-là, avait laissé la gendarmerie bien tranquille.

Le commandant de compagnie Germain et le procureur de la République Therlain furent très vite sur les lieux.

— Voyez par vous-même, dit Terrail. Quelqu'un qui n'est pas d'ici, en tout cas...

Une mutuelle confiance unissait les trois hommes, surtout depuis que Terrail avait réussi à démanteler le réseau de drogue qui commençait à s'étendre dans toute la région. Grâce à une enquête patiente, intelligente et finalement très efficace, l'adjudant était parvenu à mettre la main, outre un nombre assez impressionnant de petits dealers, sur le chef lui-même.

— A première vue, dit le médecin légiste, fracture du crâne. Un coup extrêmement violent sur la nuque, avec rupture de plusieurs vertèbres cervicales. Et une mort apparemment instantanée. Je ne peux pas vous en dire plus.

— Vous nous remettez votre rapport d'autopsie quand ?

— Dans la soirée ; au plus tard demain matin.

L'adjudant donna des ordres et les gendarmes se mirent à l'œuvre.

— Au peigne fin, dit-il. Le plus petit indice...

En fait, s'il appliquait à la lettre les consignes à observer dans un cas comme celui-là, il doutait un peu de l'efficacité de la méthode. Pourquoi, il n'eut su le dire. Une intuition

Le médecin légiste hocha la tête.

— Les femmes d'ici ne portent pas de robes aussi luxueuses. Même pas pour un mariage. Voyez la griffe de la robe : Saint-Laurent boutique. Plusieurs milliers de francs. Il reste à savoir qui, dans le coin, a donné une réception hier soir. Vaste programme ! C'est souvent le vendredi soir que des Parisiens célèbres se réunissent entre eux pour des parties fines. C'est du moins ce que disent les notables de Montargis et d'Orléans, vexés de n'être pas invités. A moins que la femme ait été tuée loin d'ici et amenée ensuite dans ce cimetière, pour brouiller les pistes. Dans ce cas, vous allez avoir du travail...

— Selon vous, la mort remonte à...

— Seule l'autopsie me permettra d'en déterminer l'heure. Vu l'état du cadavre, trois, quatre heures du matin. La robe et les cheveux sont couverts d'humidité...

Les gendarmes s'activaient dans le cimetière et aux abords. Le corps posé sur une civière à côté de la tombe, en attendant que la voiture des pompiers vienne l'enlever, l'adjudant se pencha sur la tombe. Pas la moindre

33

trace de sang sur la pierre. Comme le suggérait le légiste, la femme avait-elle été assommée ailleurs, puis transportée dans le cimetière ? Pourtant, la position du corps était bien celle de quelqu'un qui a été agressé par-derrière et qui s'affaisse. S'il en était ainsi, que venait faire cette femme dans ce cimetière, à trois heures du matin ? A plus forte raison s'il s'agissait de l'invitée d'une résidence du coin. Avait-elle rendez-vous dans cet enclos quasi familial avec son assassin ? Invraisemblable, mais pas impossible. A extravagant, extravagant et demi !

Le médecin légiste revint vers les trois hommes :

— Vous devriez voir du côté des Vigneaux. Ça me revient à l'esprit : Gondrand-Larrivière y donnait hier soir un grand concert... C'est peut-être une de ses invitées... D'accord, un cimetière n'est pas un endroit idéal pour entendre de la musique, surtout quand il est situé à plus de trois kilomètres du lieu du concert... J'espère qu'on n'y chantait pas un Requiem...

Terrail n'avait jamais apprécié l'humour approximatif du légiste ; il ne réagit pas à ce que l'autre devait considérer comme un mot d'esprit et dit simplement :

— J'imagine que tout le monde doit encore dormir, là-bas. Je me vois mal faire irruption et demander si personne n'a disparu. J'aurais bonne mine si on me répond que non...

Ce qu'il ne voulait pas avouer, c'était qu'il avait eu deux ou trois fois à se confronter avec Gondrand-Larrivière quand celui-ci, que démangeait alors le virus de la politique, avait brigué quelques années plus tôt le poste de conseiller général. De banales histoires d'affichage sauvage et particulièrement envahissant, des panneaux cloués sur les arbres et sur lesquels le visage poupin du candidat souriait d'un rire niais. Gondrand-Larrivière avait très mal pris le rappel à l'ordre ; il était devenu subtilement menaçant en invoquant des personnages haut placés, mais Terrail avait tenu bon et les hommes de main du candidat avaient dû enlever les panneaux litigieux. Revanche que l'adjudant avait savourée en secret : Gondrand-Larrivière avait été battu à plate couture par le conseiller général sortant, pur produit du cru et qui, sans tapage, faisait un travail fort efficace au sein de l'assemblée départementale. Terrail n'avait pas revu le candidat malheureux et il avait oublié ses menaces.

Le commandant de compagnie s'était tourné vers le procureur de la République :

— Je laisse à l'adjudant Terrail le soin de débrouiller cette affaire, dit-il.

Puis, avec un sourire complice :

— Sous mon autorité, bien entendu.

En dépit de ce qu'il avait déclaré au légiste, l'adjudant se présenta à 11 heures aux Vigneaux, appuya sur un bouton de cuivre, parce que le portail était fermé à clef. L'homme qui vint lui ouvrir, un peu jardinier, un peu homme à tout faire, mais beaucoup braconnier le regarda avec un air effaré.

— C'est Monsieur que vous voulez voir ? Mais tout le monde dort ! Je ne sais pas si...

— Tout le monde dort ? A 11 heures et avec ce soleil ?

Décidé à ne pas ouvrir le portail, le jardinier eut un petit sourire méprisant :

— Vous l'ignorez peut-être, mais il y a eu un concert hier soir ici, et il s'est terminé tard. Après, Monsieur a donné une grande réception...

— Il y a bien quelqu'un de réveillé, quand même ?

Visiblement, le jardinier trouvait plaisant de faire attendre l'adjudant devant le portail. Son attitude changea quand une voix sèche venue de la terrasse lança :

— Que se passe-t-il, Henri ?

— C'est l'adjudant de gendarmerie qui voudrait voir Monsieur...

— Eh bien, faites-le entrer ! Qu'est-ce que c'est que ces façons...

Grande, mince, sa chevelure blonde tirée sur la nuque, un beau visage lisse sans maquillage, mais un regard sans indulgence, en survêtement blanc à larges raies multicolores, Sarah Gondrand-Larrivière dit avec une confusion affectée, de cette voix très fabriquée dont elle usait avec une virtuosité de comédienne :

— Je viens de faire un peu de jogging, il n'y a que ça pour se maintenir en forme, surtout après la soirée que nous avons donnée hier. Superbe ! En avez-vous eu des échos ? Mais non, je suis folle, j'imagine que ce n'est pas pour me parler musique que vous êtes ici... Que puis-je pour vous ?

Il ne savait s'il devait sourire ou s'énerver devant cette désinvolture feinte. Le personnage l'agaçait, le fascinait aussi, même s'il n'était pas dupe de la comédie qu'elle lui jouait.

— Je désire parler à M. Gondrand-Larrivière.

— Mon mari n'est pas encore descendu ! C'est d'habitude un lève tôt, mais il a été tellement sur les nerfs ces jours-ci ! Vous ne pouvez pas savoir combien la préparation du concert d'hier soir lui a demandé de travail. Le nombre de coups de téléphone qu'il a pu donner... Mais asseyez-vous. Voulez-vous une tasse de café ou de thé ?

Une longue table était dressée sous un charme centenaire. Sur cette table, les couverts du petit déjeuner attendaient les invités des Gondrand-Larrivière, comme attendait, en retrait, en robe noire et tablier blanc, une femme de chambre inexpressive. Toasts, fruits, confitures à profusion tentaient Terrail. Mal à l'aise, il quitta son képi qui laissa sur son front une fine trace rouge. Mme Gondrand-Larrivière insista :

— Vous ne m'avez pas répondu : café ou thé ? Mais je suis sotte, vous avez dû déjeuner depuis longtemps. Peut-être un verre de jus de fruits ? Il fait si chaud...

Il céda, non qu'il eût vraiment soif, mais pour que cesse ce petit dialogue mondain qui l'agaçait. Il n'en dégusta pas moins avec un certain plaisir la boisson fraîche, reposa son verre. Le silence pesa, que rompit Sarah.

— Je suis Sarah Gondrand-Larrivière. Je peux peut-être vous donner les renseignements que vous désirez ? Si ce n'est pas confidentiel, évidemment. Quelques-uns de nos invités auraient-ils eu cette nuit des ennuis avec la maréchaussée ?

Malgré lui, il sourit. Non, ses hommes n'avaient verbalisé personne, bien que les voitures, pour la plupart de sport de ses invités, n'avaient pas dû, tant s'en faut, respecter toutes la limitation de vitesse. Simplement, il demanda :

— Parmi vos invités, personne n'a disparu ?

— Que voulez-vous dire ? Il y avait près de deux cents personnes hier soir à notre concert, vous pensez bien que je ne me suis pas livrée à un pointage !

Un certain agacement perçait sous l'ironie volontairement appuyée. Il se dit que cette femme devait être facilement méprisante. Désarçonné cependant, il ne sut comment poser sa question.

— Je ne sais pas, quelqu'un que vous auriez pu remarquer à l'arrivée et que vous n'auriez pas revu au départ...

— Je comprends ce que vous voulez dire. Mais non, je n'ai rien remarqué. Ce qui ne signifie rien. Dans la bousculade du départ, comment voulez-vous que l'on puisse voir si quelqu'un est ou n'est pas là. Mais pourquoi cette question ? Que se passe-t-il ?

— Avez-vous des invités aux Vigneaux en ce moment ?

— Adjudant, je suis surprise...

— Vous n'avez pas répondu à ma question...

Elle fronça les sourcils, le regarda et l'attention soutenue de ses yeux sombres le gêna. Mais il soutint son regard et ce fut elle qui baissa la tête en soupirant. L'aurait-elle mésestimé ?

Blond, la trentaine, un sourire d'enfant mais un œil clair redoutable, l'adjudant Terrail lui parut soudain moins facile à impressionner qu'elle ne l'avait d'abord cru.

A Ferrières, qui donc pouvait se vanter de connaître cet homme discret, secret même ? Ses subordonnés ne savaient sur lui rien d'autre que ce que lui-même leur avait précisé en prenant son poste. Veuf à 23 ans, sa femme ayant été fauchée par une voiture alors qu'elle traversait un passage protégé, sans enfants, il entendait exercer sa mission du mieux qu'il le pouvait, avec fermeté, mais humanité, aussi. Ce que Terrail avait ressenti devant le cadavre démantibulé de sa jeune femme, nul ne le saurait jamais. Se refusant à continuer à vivre dans le cadre où il avait sans doute été heureux, il avait demandé et obtenu sa mutation quand il avait été promu adjudant. Il s'était senti bien à Ferrières, ce village du Loiret calme, paisible, où il pourrait peut-être, à nouveau, faire bon vivre. Il ne s'était pas remarié, n'avait apparemment pas d'ami, mais cette solitude où il s'enfermait ne paraissait pas lui peser. Il lisait beaucoup et sa bibliothèque était surtout composée de livres d'histoire. Un instant perdu dans ses pensées, il regarda plus attentivement Mme Gondrand-Larrivière, qui commençait à s'impatienter.

— Si j'ai des invités aux Vigneaux ? C'est de l'indiscrétion, ça... Je ne sais pas si mon mari apprécierait. Mais il n'y a pas de raison que je vous cache qui nous avons retenu hier soir aux Vigneaux, pour le week-end...

Elle énuméra les noms et les titres avec une certaine satisfaction. Terrail interrompit ses commentaires.

— Vous les avez tous vus, ce matin ?

Son effarement, cette fois, n'était pas feint et elle dit en détachant ses mots, comme si elle s'adressait à un enfant qui ne veut pas comprendre :

— Je vous répète que personne n'est encore levé. Vous ne voudriez tout de même pas que je donne des ordres aux domestiques pour qu'ils les sortent du lit ?

Elle l'agaçait mais, en même temps, l'amusait. « Quelle bonne femme ! » pensait-il. Il se demandait si elle était capable de jouer ainsi, toute la journée, comme si elle était en représentation. Quand parlait-elle naturellement, sans affectation ?

— Vous me dites que vous avez retenu aux Vigneaux

une jeune romancière que vous avez lancée. Parlez-moi d'elle ?

Il avait posé sa question parce qu'il n'avait pas pu ne pas faire le rapprochement avec la morte du cimetière puisqu'apparemment elle était la seule — tout comme Xavier Brandon et Sophie — à ne pas former un couple. A moins qu'elle et lui... Il s'en voulut d'avoir été trop hâtif dans ses déductions, mais il fut surpris de voir Mme Gondrand-Larrivière pincer les lèvres, comme si parler de Sabine Servier la gênait.

— Sabine Servier ? Pas un talent éblouissant, mais une habileté de vieux routier à raconter une histoire.

— Son physique ?

— Pas une beauté, mais du chien. Une fille qu'on ne remarque pas tout d'abord, mais qui devient vite attachante quand on la connaît.

— Blonde ?

— Blonde, oui. Des cheveux fous...

— Quelle robe portait-elle à votre concert ?

— C'est un interrogatoire ? Comme si je devais me souvenir de la tenue de nos deux cents invités...

— Celle-là était parmi les privilégiés puisque vous l'avez retenue aux Vigneaux...

Elle le regarda à nouveau avec insistance et il lui sembla qu'elle devenait moins méprisante. Comme si son obstination la surprenait.

— Attendez... Je crois qu'elle portait une robe blanche, c'est ça, une robe blanche avec de grandes raies de couleurs.

— Avec des chaussures assorties ?

— Je n'ai pas regardé ses pieds. Mais il est possible qu'elle ait assorti ses chaussures à sa robe.

Il hésita à peine, se dit pourtant qu'en agissant comme il allait le faire, il risquait de se faire taper sur les doigts par le Parquet, si Gondrand-Larrivière se plaignait, « en haut lieu », comme il l'en avait menacé jadis.

— Madame, dit-il en se levant. Le moment n'est plus

aux civilités. Veuillez, s'il vous plaît, prier vos invités de me rejoindre ici le plus vite possible.

— Mais enfin, c'est insensé! Que vont-ils penser? Vous vous rendez compte...

— S'ils sont compréhensifs, comme je le crois, ils vont penser que je fais mon travail, et pas autre chose. Et un travail pas facile, je vous prie de le croire. S'il vous plaît...

Elle se dirigea vers la maison pour donner des ordres et revint quelques instants plus tard.

— Voilà, dit-elle, c'est fait. Mais votre attitude...

Elle ne souriait plus et ils restaient debout l'un et l'autre, à se défier; c'est du moins ce que pensa Terrail.

Dix minutes plus tard, les invités surpris, mal réveillés, étaient regroupés autour de la table du petit déjeuner. L'adjudant les regarda un à un, puis il dit en se tournant vers Sarah Gondrand-Larrivière :

— Tous vos invités sont-ils là?

— Non, il manque Sabine Servier.

— J'ai frappé à sa porte, dit une femme de chambre. Puis je suis entrée. Elle ne s'y trouvait pas et son lit n'était même pas défait...

La sueur envahit le front de Terrail.

— Et M. Gondrand-Larrivière? demanda-t-il, d'une voix altérée.

— C'est vrai, mon mari n'est pas là non plus. Je suis surprise...

Une femme de chambre arrivait, affolée :

— Madame, madame, il est arrivé un malheur! Monsieur est allongé dans sa chambre. Il est tout gris. Je crois bien qu'il est mort!

Sarah Gondrand-Larrivière dit d'une voix étranglée :

— Mais il ne s'est pas couché !

Tassé devant la cheminée de pierre de Meaux, le corps de l'éditeur était en effet toujours revêtu du smoking de soie sauvage qu'il portait pour le concert ; sa main, à jamais crispée, tentait de desserrer le col de sa chemise, au nœud papillon défait. Sa robe de chambre et sa veste de laine blanche avaient glissé sous sa tête.

L'adjudant Terrail se releva.

— Il est mort depuis plusieurs heures. Et il porte au cou des traces qui me paraissent suspectes. D'où puis-je téléphoner ?

Une femme de chambre le conduisit dans le bureau de Maxence. Terrail appela successivement le procureur de la République, le médecin légiste et enfin deux hommes de sa brigade, à qui il donna l'ordre de le rejoindre immédiatement. Il revint dans la chambre où Sarah Gondrand-Larrivière l'attendait. Elle dit d'une voix calme :

— Mon mari souffrait de troubles cardiaques. Le professeur Hardey, qui le suit depuis plusieurs années, habite évidemment Paris. Voulez-vous que je l'appelle ?

— Cela me paraît inutile. Le médecin légiste...

— Le médecin légiste ? Vous ne voulez pas dire...

Habituellement maîtresse d'elle-même, elle paraissait

avoir perdu tout contrôle ; elle était cependant soulagée de voir l'adjudant la comprendre à demi-mot. Lui-même n'avait prononcé le mot de médecin légiste qu'avec prudence. Même si son métier le contraignait à agir comme il le faisait, il redoutait il ne savait quel éclat de cette femme qui, les premiers moments de désarroi passés, referait bien vite surface. Et si Gondrand-Larrivière était mort d'une crise cardiaque ? Pourtant, ces traces au cou... Il marcha vers le groupe des invités massés dans le couloir et, qui, n'osant entrer dans la chambre, regardaient avec effroi le corps de leur hôte tassé devant la cheminée.

— Laissez-nous, dit Terrail. Je vous demande toutefois de ne pas quitter la maison.

Il s'attendait à des questions qui ne vinrent pas. Fermant lui-même la porte, il se tourna vers Mme Gondrand-Larrivière debout près de la porte-fenêtre et qui ne paraissait pas vouloir protester elle non plus.

— J'ai des questions à vous poser. Pas forcément ici...

— Je vous emmène dans le boudoir Vasarely.

— Je vois que mes hommes viennent d'arriver. Le temps de leur donner les consignes d'usage, et je vous suis.

— Vous pensez que mon mari a été assassiné ? Invraisemblable... Et par qui, mon Dieu ?

Comme on essaie de convaincre un enfant récalcitrant, il dit :

— On a découvert ce matin dans le cimetière du Bignon-Mirabeau le corps d'une jeune femme assassinée. J'ai quelque raison de penser qu'il s'agit de l'une de vos invités. Presque en même temps, votre mari meurt. Peut-être de mort naturelle, peut-être pas. Vous comprendrez que dans ces conditions...

Il plaça un gendarme devant la porte de la chambre avec pour consigne de ne laisser entrer personne ; les deux autres, munis de leur attirail, s'affairaient déjà dans la pièce. Puis il suivit Mme Gondrand-Larrivière dans un interminable couloir, qui lui parut un véritable dédale.

Le boudoir Vasarely, comme l'appelait Mme Gondrand-Larrivière, se trouvait au rez-de-chaussée de l'aile droite du bâtiment. C'était une vaste pièce aux larges baies vitrées, meublée de verre et d'acier, très design ; une table de verre à piétement métallique supportait toutes sortes de revues d'art. Au fond se trouvait un piano à queue en plastique transparent et, aux murs, deux immenses compositions de Vasarely, l'une en losanges bleus et blancs dans des camaïeux de gris clair, l'autre où s'harmonisaient dans un mélange géométrique savant des cubes roses et bleus donnant une étonnante impression de relief. Annexe d'un musée d'art moderne ou cabine de navette spatiale, Mme Gondrand-Larrivière guettait d'un œil ironique les réactions de l'adjudant, qui ne manifesta ni curiosité ni surprise. Simplement, il enregistra que la mort de son mari ne désorientait guère la séduisante et redoutable femme. Il en eut la confirmation quand, la porte fermée, elle dit de la même voix égale, mesurée et, à nouveau, avec le faux naturel d'une comédienne sûre de son texte :

— Vous venez pour m'annoncer qu'une jeune femme a été découverte assassinée dans le cimetière du village et qu'il s'agit peut-être de l'une de nos invitées et puis, parce qu'on découvre Maxence mort dans sa chambre, on dirait que cette première mort a soudain moins d'importance.

Il l'interrompit :

— Quelle était la nature de l'affection cardiaque de votre mari ?

— Menace d'infarctus. Le professeur Hardey lui conseillait de mener une vie calme, de ne pas boire d'alcool, de ne pas fumer, mais allez demander à un pur-sang de marcher au pas ! En fait, à la tête de son groupe de presse, puis de sa maison d'édition, mon mari menait une vie de dément... Toujours sur la brèche, dormant seulement quatre ou cinq heures par nuit, déjeunant et dînant à des heures impossibles, quand il ne sautait pas un repas... Bref, son cœur a pu ne pas résister...

— Des ennemis ?

— Des ennemis ? C'est un bien grand mot. Des adversaires, des concurrents, oui. Aussi acharnés, aussi dynamiques que lui et qui ne lui faisaient pas de cadeaux. Lui non plus, d'ailleurs, ne leur en faisait pas. La presse est une jungle mais je suppose que toutes les professions qui exigent des nerfs d'acier, une grande intelligence, une non moins grande imagination et le goût effréné du risque sont aussi des jungles. En France, une publication qui tire à 500 000 exemplaires fait forcément de l'ombre aux publications concurrentes. Or, deux des hebdomadaires de mon mari ont les plus forts tirages depuis longtemps et n'ont jamais été détrônés. Des groupes puissants ont tenté de leur opposer des publications similaires et s'y sont chaque fois cassé les dents avec, à la clef, des pertes d'argent considérables.

— Pardonnez-moi d'être indiscret, mais il le faut. Votre ménage ?

Elle lança la tête en arrière, eut un petit rire cassé, cessa de triturer le col de son luxueux vêtement de sport et dit enfin, avec une grande insolence dans le regard :

— Mon mari et moi étions mariés depuis quinze ans. Nous formions un couple moderne et, pour employer un mot à la mode, un couple libéré. C'est-à-dire que je ne me préoccupais pas de savoir si mon mari avait des maîtresses et lui, de son côté, ne prenait pas davantage ombrage si l'on me voyait en compagnie de jeunes gens dans les lieux à la mode. Cela faisait... comment dire ?... cela faisait partie d'une sorte de jeu dont nous n'étions dupes ni l'un ni l'autre. Je dois même à la vérité de dire que cela ne lui déplaisait pas quand les échos mondains de certains de ses confrères faisaient des allusions parfaitement déplacées mais amusantes sur telle ou telle de mes relations. Il citait souvent la boutade de Mistinguett : « Que l'on parle de moi en bien ou en mal, ça m'est égal, pourvu qu'on en parle ! »

— Cela pour la galerie, j'entends bien. Mais dans la réalité ?

Elle resta songeuse pendant quelques secondes, puis elle dit d'une voix sourde :

— Vous voulez savoir si mon mari avait des maîtresses ? Très franchement, je ne le crois pas. Ou alors presque à la sauvette, des passades sans conséquence. Tout simplement parce qu'il n'en avait pas le temps. Sa maîtresse, la seule en fait qui ait compté, c'était son métier. Mais alors là, il s'agissait d'une maîtresse accaparante et insatiable.

Elle s'attendait à ce qu'il prolonge sa question par un « Et vous ? » qui, lui semblait-il, devait automatiquement suivre. Sur sa lancée, elle dit, surprise cependant par son apparent manque d'intérêt :

— Quant à moi, si j'avais dû jeter dans mon lit tous les jeunes gens qui me font escorte quand je sors, je n'aurais sûrement pu accomplir les missions que j'assumais auprès de mon mari. Outre celle de maîtresse de maison, car ce n'est pas rien de tenir une maison comme celle-ci, où nous passons la majeure partie de nos week-ends, et l'hôtel particulier du boulevard Malesherbes où nous vivons, je travaille à temps partiel, comme on dit maintenant, aux éditions que mon mari a lancées il y a quelque temps. C'est moi qui lui ai suggéré l'idée de publier une collection de premiers romans. Une idée toute bête : faire l'inverse de ce que font d'habitude nos confrères : rassembler des premiers romans dans une collection très bien présentée, soutenue par une imposante campagne de publicité, dans tous les journaux de notre groupe, ce qui ne nous coûte guère, convenez-en, avec un slogan qui commence à porter ses fruits : « Le nouveau Raymond Radiguet, la nouvelle Françoise Sagan, c'est dans la collection " Premiers romans " des éditions Gondrand-Larrivière que vous les trouverez ! » Au début, dans la maison, personne n'y croyait. Un caprice de la patronne, et pas autre chose qu'un caprice. Je me suis piquée au jeu. Maintenant, la collection marche bien. Nous avons parfois d'importants retirages, ce qui surprend tout le monde, y compris nous. Le seul et permanent problème, trouver cinq ou six fois par an l'oiseau rare parmi les nombreux manuscrits qui nous parviennent. C'est fou ce que l'on peut écrire, en France ! Tenez...

Elle s'interrompit, parce que des coups venaient d'être frappés à la porte ; elle regarda, hésitante, l'adjudant de gendarmerie.

— Entrez.

— Le légiste est là...

— Je viens.

— Quelle journée, dit le Dr Guichard. Un corps à la morgue à autopsier, maintenant la mort de Gondrand-Larrivière. Mort suspecte ?

— A vous de me le dire...

Le légiste se pencha sur le corps, l'examina longuement, s'attarda à la tête et surtout au cou. Puis il se releva.

— Arrêt cardiaque, probablement. Mais aussi traces suspectes sur le cou. Elles n'ont pas forcément entraîné la mort et seule l'autopsie me permettra de me faire une idée précise des circonstances de cette mort.

— Une autopsie ! Vous n'y pensez pas ? s'écria Mme Gondrand-Larrivière. Mon mari autopsié ! Vous imaginez le scandale ? De quoi jeter le discrédit sur notre groupe de presse ! Nos actions vont chuter et...

Le légiste regarda l'adjudant, puis la veuve combative ; enfin, calme et décidé, il dit :

— Nous serons les plus discrets possible, mais cette autopsie est indispensable. Vous savez, beaucoup de gens sont en vacances et... Je ne vous cacherai pas qu'il sera plus difficile de faire l'impasse sur la jeune femme qui a été découverte assassinée dans le cimetière du Bignon-Mirabeau.

— Justement ! La presse à scandale ne manquera pas de faire un rapprochement entre ces deux morts et je vois mal comment nous allons pouvoir faire face...

46

— Pour l'instant, madame, nous nous en tiendrons à la version officielle des faits : le cadavre d'une jeune femme inconnue a été découvert par le fossoyeur sur une tombe au cimetière du Bignon-Mirabeau et M. Maxence Gondrand-Larrivière est mort. Dans le courant de la soirée, nous corrigerons cette version s'il y a lieu. Je ne peux pas vous accorder davantage. Je n'ai pas besoin d'ajouter que ma consigne vaut également pour vous.

— Votre consigne ? Quelle consigne ?

— Vous ne quittez votre maison sous aucun prétexte.

Elle protesta pour la forme :

— Vous n'allez tout de même pas prétendre...

Elle se tut, oppressée, eut un geste de la main pour effleurer la couverture qui dissimulait maintenant le corps de son mari étendu sur une civière et, en cet instant seulement, mais ce fut très bref, Terrail perçut son émotion. Tandis que les pompiers enlevaient le corps, il la poussa dans le couloir et lui dit avant de refermer la porte :

— S'il vous plaît, vous allez m'attendre dans l'aile droite.

— Ce n'est pas possible, j'ai à m'occuper de mes invités, des ordres à donner pour le déjeuner...

— Peu importe l'endroit où vous vous trouverez quand j'aurai besoin de vous. L'essentiel, je le répète, est que vous ne quittiez pas votre maison.

Sur le point de répliquer, elle s'abstint et elle tourna les talons après avoir salué le légiste d'un mouvement de tête hautain.

— Vous n'aurez pas la tâche facile, dit le Dr Guichard. Je vais tout faire pour que vous ayez mes rapports d'autopsie le plus vite possible.

Quelques instants plus tard, l'adjudant réunissait ses hommes dans une pièce que Mme Gondrand-Larrivière avait mise d'assez mauvaise grâce à sa disposition. Tout frais sorti d'un stage où il avait brillé, le maréchal des logis chef Guillaume fit un rapport précis.

— Pas de trace d'effraction. Il y a bien une échelle

couchée dans l'herbe sous la fenêtre de la chambre de M. Gondrand-Larrivière, mais il ne me semble pas qu'elle ait servi la nuit dernière. Les traces de rosée sont uniformes sur tout le bois et la pelouse, qui est assez haute à cet endroit, n'a pas été foulée. Dans la chambre, tout est en ordre, comme vous avez pu le constater. Pas la moindre trace de lutte. Le point de vue du légiste, qui a vu les photos que nous avons faites et le vôtre concordent : la position du corps de M. Gondrand-Larrivière est bien, apparemment, celle d'un homme qui s'affaisse après une crise cardiaque. Ce qui malgré tout ne veut rien dire. Le légiste a précisé que l'on peut tomber de bien des façons différentes.

— Les empreintes ?

Terrail posait la question pour la forme. Sauf à prendre les empreintes de tous les invités des Gondrand-Larrivière, ce qui n'était pas à exclure, d'ailleurs, il ne pensait pas que cette piste pourrait le conduire bien loin. N'importe qui, avant le drame, avait pu pénétrer dans la chambre. De plus le crime, s'il s'agissait bien d'un crime, ne devait pas être un crime crapuleux. En bonne logique, c'est à Paris que l'éditeur devait avoir ses coffres, si coffres il y avait. Il se promit d'interroger Mme Gondrand-Larrivière à ce sujet.

— Nous les avons prises sur les poignées des portes et sur les meubles. Sur la cheminée, aussi.

— Je n'ai pas la religion des empreintes, reprit Terrail. Vous avez terminé ?

— Pas encore.

Terrail passa une main dans ses cheveux, fut sur le point d'ajouter quelque chose, hocha la tête et quitta la pièce. Si les événements ne le dépassaient pas, il ne mesurait pas moins la complexité de son enquête. N'allait-il pas en être dessaisi au profit du S.R.P.J. d'Orléans ? Non qu'on ne lui fît pas confiance, mais à cause de la personnalité de Maxence Gondrand-Larrivière et, peut-être, des sommités qu'il devait fréquenter et qui, sait-on jamais, pourraient éventuellement être compromises s'il y avait meurtre. Avant que la grande presse et les médias ne s'en emparent, de combien d'heures disposait-il pour conduire son enquête en toute quiétude ? Par-dessus tout, il redoutait la médiatisation à outrance de l'affaire, cette médiatisation qui avait compliqué sinon neutralisé la tâche des gendarmes lors d'une retentissante affaire. Avec le procureur de la République Therlain, il allait faire un premier point. Savoir si le magistrat pourrait revenir tout de suite d'Orléans ?

Terrail rejoignit Mme Gondrand-Larrivière dans le boudoir Vasarely. La cinquantaine sans doute proche ne pesait pas aux épaules de cette femme grande, à peine empâtée, à la chevelure d'un blond presque blanc maintenant sévèrement tirée vers les tempes. Pas de maquillage, ou si discret qu'on le remarquait à peine, un regard chaud et impitoyable, sous des sourcils bien dessinés, un léger pli à la commissure des lèvres, elle portait une robe blanche à grandes raies marine et, noué autour du cou, un foulard également marine, sans doute pour dissimuler les premiers fanons.

— Quelques questions encore, et je vous laisse en paix, du moins pour aujourd'hui. Votre mari avait-il sur lui ou dans sa chambre une somme d'argent importante ?

— Et pourquoi en aurait-il eu ? Aujourd'hui, avec les cartes de crédit... Je vois à quoi vous pensez : le reliquat des cachets pour les artistes qui ont chanté hier soir... Ces cachets ont été versés directement à leurs agents avant le concert.

Elle ajouta, sans dissimuler son irritation :

— Il n'y a pas eu de dessous-de-table ! Les sommes demandées ont été versées directement par chèque. Vous me paraissez surpris. Vous ne saviez pas que certains artistes exigent d'être payés en liquide ?

— Pas d'objets de valeur, qui auraient disparu, pas de bijoux ?

— Les bijoux, c'est moi qui les porte et aucun ne me

manque. Quant aux objets de valeur... Une compression de César, mais vous avez pu la voir dans l'entrée... Vous avez pu vous rendre compte aussi que la chambre de mon mari est de loin la pièce la plus austère de la maison. Il aimait bien ça, cette espèce de dépouillement... Savez-vous...

Elle marqua une hésitation et une nouvelle fois il perçut un semblant d'émotion sur son visage qui se crispait, sur sa lèvre impérieuse qui tremblait :

— Savez-vous quand le corps de mon mari me sera rendu ? Il y a des dispositions à prendre pour une personnalité comme la sienne...

— Probablement demain, après l'autopsie. Mais je ne puis vous indiquer une heure précise, vous vous en doutez bien. Vous avez des enfants ?

— Non. Mon mari a un fils d'un premier mariage. Il s'occupe à New York du bureau que les éditions Gondrand-Larrivière y ont ouvert. Mon mari pensait en effet que pour vendre ses livres aux Américains, comme pour acheter leurs best-sellers, d'ailleurs, mieux valait être sur place. Cedric, qui a fait ses études à l'université de Harvard, y vit comme un poisson dans l'eau. Et, bien que son bureau n'ait que deux ans d'existence, il a déjà réussi quelques beaux coups.

— C'est donc lui qui va hériter de l'empire Gondrand-Larrivière ?

— Cela va peut-être vous surprendre, mais nous ne parlions jamais argent, héritage, succession, mon mari et moi. J'ai des actions dans la société, lui avait les siennes. S'il n'a pas pris de décision particulière, c'est Cedric qui héritera de ses actions. Nous étions mariés sous le régime de la séparation de biens.

— C'est tout pour l'instant, je vous remercie. Il reste cependant une formalité à accomplir, celle pour laquelle d'ailleurs je suis venu aux Vigneaux. Il faut que quelqu'un se rende avec moi à la morgue d'Orléans, pour identifier le corps de la jeune femme qui a été découvert dans le cimetière du Bignon-Mirabeau. Après ce qui vient de se passer ici, je ne puis vous infliger une épreuve supplémentaire. Pouvez-vous demander à quelqu'un, parmi vos invités...

A nouveau dédaigneuse, elle lança :

— Même si elle n'est pas ici, rien n'indique qu'il s'agit de Sabine Servier!

— Rien ne l'indique, en effet. Encore faut-il s'en assurer. Dès lors, je ne vois pas...

Elle resta pendant quelques secondes silencieuse et, sur le point de répliquer avec vivacité, elle préféra s'abstenir. Enfin elle dit, à contrecœur :

— Je ne vois guère que Xavier Brandon, l'un des bras droits de mon mari pour se charger de... de cette corvée. Il doit être dans le bois, en train de tourner en rond. Je lui ai bien recommandé de rester dans sa chambre, comme vous me l'aviez suggéré, mais quand on est comme lui un garçon bouillant de vie...

— Ça n'a pas d'importance! dit l'adjudant, agacé par le ton persifleur de son interlocutrice. L'essentiel est que personne ne quitte la propriété sans m'en aviser.

— J'appelle Xavier.

L'irritation de Terrail ne se dissipa pas tout à fait mais se mua en surprise. Il eut envie de demander son âge à Xavier Brandon. Si jeune et déjà bras droit de Maxence Gondrand-Larrivière?

Grand, mince, blond, vêtu de jeans de grosse toile blanche, d'un pull rouge sur une chemise également blanche, qui allait bien à son teint clair, il l'eût mieux vu posant pour un magazine de mode ou de sport que dans une maison d'édition fût-elle celle, très moderne, très in, de Gondrand-Larrivière. Une peau d'enfant, un menton impérieux et, ses lunettes de soleil enlevées, un regard qui se plongeait à tout bout de champ dans celui de Terrail, il se tenait, grave et immobile, déférent juste ce qu'il fallait devant Mme Gondrand-Larrivière. Elle posa une main sur son épaule et l'adjudant enregistra le presque imperceptible mouvement du garçon pour se dégager. Le bleu vif des yeux et le blanc bleuté des dents.

Apparemment, un jeune loup redoutable. Une voix claire et pas l'ombre d'une hésitation, les présentations faites.

— Je suis à votre disposition. Si c'est bien Sabine qui a été assassinée, j'en serai, comme nous tous, très malheureux. C'était une amie, une vraie. Pardonnez-moi si je parle d'elle au passé.

Il se tut, puis reprit, d'une voix changée, comme pour lui seul :

— Un petit chat qui ronronne et, en même temps, un être très secret. Mais il ne s'agit peut-être pas d'elle...

— Elle n'est pas ici, elle n'a dit à personne qu'elle avait l'intention de partir et la robe que porte la morte est bien celle que Mme Gondrand-Larrivière m'a décrite. De plus, le signalement de Sabine Servier correspond à celui de la femme que l'on a trouvée dans le cimetière de Bignon-Mirabeau...

— Que faut-il que je fasse ?

— Vous avez une voiture ?

— Oui.

— Eh bien, vous me suivez jusqu'à la morgue d'Orléans. Pour vous, il vaut mieux que l'on ne vous voie pas dans une voiture de la gendarmerie. De plus, vous pourrez revenir ici ensuite. Mais je dois faire un saut à la gendarmerie. Une communication au procureur de la République...

En fait, l'adjudant ne voulait pas interroger Xavier Brandon au fond avant d'avoir la certitude que la jeune morte était bien Sabine Servier. Non qu'il voulût jouer de l'effet de surprise — cet effet serait bien évidemment nul — mais il souhaitait avoir tous les éléments en main avant de se lancer dans des questions qu'il se refusait à préparer à l'avance. Comment le garçon allait-il réagir devant le cadavre ?

Son indifférence — mais était-ce tellement de l'indifférence ? — le surprit. Xavier Brandon se pencha, porta son index à sa bouche, le mordit à la jointure. Son regard parut plus foncé, qui cherchait celui de l'adjudant.

— C'est bien elle, dit-il. C'est bien Sabine. En même

temps, ce n'est pas elle. Je veux dire que la mort a fait d'elle quelqu'un d'autre. C'est la première fois que je vois une morte...

— Je vous retrouve cet après-midi aux Vigneaux, dit Terrail. Disons à 14 heures 30.

— Je n'étais venu que pour le concert et j'ai un rendez-vous important à Paris à 17 heures.

— J'essayerai de vous entendre le premier, mais je ne vous promets rien. Vous devriez décommander votre rendez-vous, ce serait plus prudent.

Il regarda le grand garçon blond s'engouffrer dans sa voiture sport. Il lui sembla qu'il avait perdu de son éclat, sinon de sa superbe.

Xavier Brandon avait changé de tenue. Costume de soie sauvage aux gris changeants, chemise et cravate bleues, le bleu foncé de l'une tranchant sur le bleu clair de l'autre, lunettes finement cerclées d'or — il n'en portait pas le matin et l'adjudant se demanda si les verres de lunettes n'étaient pas neutres — le collaborateur de Gondrand-Larrivière avait l'aspect rassurant bon chic bon genre d'un jeune cadre dans le vent. La netteté du regard, la décontraction apparemment retrouvée, surprenaient Terrail. Quel événement avait-il pu se produire pour redonner confiance et sûreté à Xavier ? Quelques heures plus tôt, devant le cadavre de Sabine Servier, il avait eu beaucoup moins d'assurance.

Alors qu'il s'attendait à être d'abord et surtout interrogé sur la jeune romancière, Xavier parut surpris par la question de l'adjudant et hésita pendant quelques secondes avant de lui répondre.

— Il y a combien de temps que vous êtes au service de M. Gondrand-Larrivière ?

— Vous voulez dire que je travaille à ses côtés ? Dès ma sortie de H.E.C., cela va faire trois ans à la rentrée. Quand il a lancé sa maison d'édition, il m'a donné de vraies responsabilités.

— L'édition vous attirait particulièrement ?

— Oui et non. J'étais, et je suis toujours, pour un

54

travail de création. Or, se lancer dans l'inconnu, c'était passionnant. L'empire Gondrand-Larrivière reposait entièrement sur la presse. Une presse de large diffusion destinée avant tout, vous le savez, au grand public. Il n'y avait chez nous ni hebdomadaire politique, ni revue littéraire. Partir de zéro, même quand on a derrière soi un groupe important, quelle aventure !

— Pour votre patron, qui aurait pu dormir sur ses lauriers, cette activité nouvelle, qui n'était pas sans risques si j'entends bien ce que vous me dites, cela représentait quoi ? Une revanche ?

Xavier, qui se tenait debout devant la porte-fenêtre du boudoir Vasarely se tourna lentement, un intérêt soudain dans le regard. Comme si, à ses yeux, l'adjudant n'était plus à traiter comme quantité négligeable.

— Il était parti de très bas. Après des années passées à relancer le *Petit Loiret Illustré,* il a soudain vu plus grand et chacune de ses nouvelles publications était un pari. Et un pari qu'il a presque toujours gagné. Mais ça ne lui suffisait pas. Il voyait toujours plus grand. D'où ces coups d'audace, qui lui ont valu quelques désagréments, ces temps-ci.

— Les deux revues qui sont en perte de vitesse ?

— Oui. Des dizaines de journalistes au chômage. Cela l'a beaucoup contrarié, sur le plan humain, d'abord, sur le plan financier ensuite.

— Sa maison d'édition ?

— Un coup de dés. Il ne laissait à personne le soin de choisir les feuilletons qu'il publiait en inédit dans les colonnes de ses hebdomadaires. Il a été l'un des rares à maintenir la tradition du feuilleton. Un jour lui est parvenu le manuscrit d'une débutante pour lequel il s'est enthousiasmé. Un roman d'une haute tenue, mais qui ne correspondait pas bien sûr aux critères d'un feuilleton. Un coup de cœur, aussi. Laisser partir ce roman ailleurs, il n'en était pas question. C'est comme ça que sa maison d'édition est née.

— Avec le roman de Sabine Servier ?

Une nouvelle fois le regard de Xavier se posa sur l'officier de police judiciaire.

— Oui. C'est là que Mme Gondrand-Larrivière est entrée en scène, si je puis dire. C'est elle qui a proposé à son mari de lancer la collection des premiers romans; ensuite, une collection de grands romans historiques a vu le jour. Elle avait en projet une collection de romans de suspense, qui paraîtraient d'abord en inédit dans nos publications.

— Comment êtes-vous entré au service de M. Gondrand-Larrivière ?

— C'était un ami de mon père. Sébastien Gendron, vous connaissez ? C'était le pseudonyme de mon père. Prix Albert-Londres à 25 ans, grand reporter ensuite. Le fils voulait suivre les traces du père. Seulement, voilà, je n'avais pas le talent de mon père. Alors, il m'a fait entrer dans le groupe de Gondrand-Larrivière.

— Parlez-moi de Sabine Servier.

— Son manuscrit est arrivé par la poste. Le patron a fait partager son enthousiasme à sa femme d'abord, à moi ensuite. Un lancement intelligent, et c'était le phénomène Sagan qui se renouvelait.

— Le livre est sorti il y a longtemps ? J'avoue que la littérature contemporaine...

— Il va y avoir deux ans à la rentrée. A l'époque où elle l'a écrit, Sabine habitait Montpellier où elle faisait des études de lettres. Je crois qu'elle se destinait alors à l'enseignement.

— Elle y a renoncé ?

— Très vite. Le succès de son livre a été immédiat et le patron lui a proposé une chronique régulière dans l'un de ses magazines féminins. Il lui laissait carte blanche. Un événement vu par elle, une pièce de théâtre, un film, ou encore un livre qu'elle aurait particulièrement apprécié.

— Et puis, elle est devenue une familière de la maison ?

Le garçon crut déceler un piège dans la question

pourtant anodine de l'adjudant. Terrail le vit d'un seul coup devenir méfiant.

— Que voulez-vous dire ?

— Les Gondrand-Larrivière avaient hier soir ici près de deux cents invités. Une dizaine sont restés aux Vigneaux pour le week-end. Parmi ces privilégiés, il y avait Sabine Servier. J'en conclus donc qu'elle faisait partie des familiers.

Xavier se détendit.

— C'est vrai. Parce qu'elle a été la première à être publiée dans la maison, parce que ses chroniques étaient très prisées, elle est devenue un peu le chouchou de nous tous. Malgré sa réserve, sa sauvagerie même.

— Elle aurait pu être la fille de M. Gondrand-Larrivière...

— Vous imaginez qu'elle était sa maîtresse ? Alors là...

Sa surprise n'était pas feinte. Pour la première fois et cela l'étonna, l'adjudant vit de l'ironie, une ironie un peu méprisante, dans les yeux du garçon.

— Je n'imagine rien, je m'informe. Ainsi, Sabine Servier n'était pas la maîtresse de votre patron ?

— Non. Et ne me demandez pas de qui elle était la maîtresse, je n'en sais rien. C'était une fille très coopérative, mais côté vie privée, c'était top secret.

— Elle avait quelque chose à cacher ?

— Pourquoi ça ? On voit bien que vous ne la connaissiez pas. On peut être discret et pourtant très copain...

— Elle vivait seule ?

— Je ne lui ai jamais posé la question. Je ne suis jamais allé chez elle non plus. Elle passait beaucoup de temps au journal, mais ce qu'elle faisait après, je l'ignore.

— Elle n'était donc pas davantage votre maîtresse ?

Xavier considéra l'adjudant avec de nouveau une certaine commisération.

— Alors, là, pas du tout !

— Ce n'était pas votre genre ?

— Pas mon genre, qu'est-ce que ça veut dire ? Sabine était jolie, séduisante, très intelligente, très copain, je le répète, mais en même temps très réservée. Ça n'était pas incompatible. Je vais vous révéler un détail qui en dit plus que de longues explications : dans un métier où tout le monde se tutoie, eh bien, au bureau, personne ne se serait avisé de dire tu à Sabine. Et elle disait vous à tout le monde.

— Même à vous ?

— Même à moi. Et pourtant, nous étions amenés à nous rencontrer plusieurs fois par jour, puisqu'elle était aussi lectrice.

— Lectrice ?

— Oui. Elle était chargée d'un premier tri dans les manuscrits, car il en arrive de plus en plus. Et c'est dans les manuscrits de débutants qu'il y a le plus de déchet.

— Pour revenir à sa vie privée, vous n'aviez pas de rapport avec elle, sauf sur le plan professionnel ?

— Non.

— Mais hier soir...

— Hier soir pas plus que les autres soirs. Je ne sais pas pourquoi le patron l'avait invitée à passer le week-end aux Vigneaux. Il est vrai que c'était la première fois qu'il y organisait un concert, et quel concert ! Une réception qui n'avait pas de commune mesure avec celles qu'il donnait parfois boulevard Malesherbes, évidemment plus intimes.

— J'aimerais que vous me précisiez certains détails sur ce concert. Sabine Servier y jouait-elle un rôle ?

— C'était elle qui était chargée de conduire les invités à leur place, après qu'ils aient été accueillis par les maîtres de maison.

— Un rôle d'ouvreuse, en quelque sorte ?

A nouveau, l'ironie un peu dédaigneuse que l'adjudant avait provoquée, pour éprouver les nerfs du beau jeune homme bon chic, bon genre. Xavier ne tomba pas dans le piège.

— Moi, je dirai plutôt de fille de la maison. Elle a

réussi à merveille à faire croire à chaque invité qu'un accueil tout particulier lui était réservé. C'est qu'il y avait tant de susceptibilités à ménager, de vanités à flatter!

— J'imagine que Mme Gondrand-Larrivière a gardé la liste de ses invités?

— Je le suppose.

— Quand avez-vous vu Mlle Servier pour la dernière fois?

— Quand les invités aux Vigneaux sont allés se coucher. Le patron les avait réunis dans le grand salon pour un dernier verre.

— Et Mlle Servier était bien parmi eux à ce moment-là? Vous en êtes certain?

— Je le suis d'autant mieux que c'est elle qui a guidé jusqu'à leur chambre les invités arrivés quelques minutes avant le concert, et même pendant le concert.

— Elle aurait donc gagné sa chambre ensuite?

— Oui.

— Et pourtant, on l'a trouvée assassinée dans le cimetière du village, revêtue de sa robe de soirée. Ce qui voudrait dire qu'elle ne s'est pas couchée. Quelle heure était-il quand les derniers invités se sont séparés?

— Deux heures, deux heures et demie du matin, à peu près. Je n'ai pas regardé ma montre.

— Et toutes les voitures étaient bien parties?

— Je le suppose, mais je ne m'en suis pas assuré. Comment aurais-je pu prévoir...

— De sorte que quelqu'un aurait pu attendre Mlle Servier, quelqu'un qui lui aurait donné rendez-vous hors de la maison?

— Et ils seraient partis ensemble en voiture? Pour aller où? Faire l'amour dans la nature? Si vous l'aviez connue, pareille supposition ne vous viendrait pas à l'esprit...

— On a pourtant trouvé son corps à plus de trois kilomètres des Vigneaux. Ce qui, si je m'en tiens à votre raisonnement, tendrait à prouver qu'elle serait allée jusqu'au cimetière à pied ? Je me demande comment ses escarpins de soirée auraient pu résister aux chemins de campagne, puis à la route. Où étaient garées les voitures des invités du concert ?

— Toutes dans la seconde grange et autour de la grange, derrière la maison.

— Et après le dernier verre au salon, aucune voiture n'est sortie de la grange ? Je veux dire, vous n'avez entendu aucun bruit de moteur ?

— J'avoue n'y avoir pas prêté attention. Il ne me semble pas, non.

— Qu'avez-vous fait à ce moment-là ?

— Il était tard, nous vivions sur les nerfs depuis une semaine et nous étions tous crevés...

— Vous avez gagné immédiatement votre chambre ?

— Oui.

— Vous vous êtes couché aussitôt ?

— J'ai lu avant de m'endormir. Quelle que soit l'heure à laquelle je me couche, j'éprouve toujours le besoin de lire, même un très court moment. Dois-je vous indiquer le titre du livre que je lisais hier soir, ou plutôt ce matin ?

A nouveau l'ironie qui se voulait insolente sinon provocante ; l'adjudant garda une sérénité toute professionnelle.

— Une dernière question : quels étaient les rapports de Mlle Servier avec les autres invités de M. Gondrand-Larrivière ?

— Ceux qui sont restés ici pour le week-end ?

— Oui.

— Je n'ai pas d'opinion très précise là-dessus. J'imagine aussi cordiaux mais aussi distants qu'avec nous.

— Rien à signaler sur ses relations avec eux ?

— Je vous l'ai dit, Sabine était la discrétion même.

— Vous m'avez dit ce matin que vous aviez à Paris, à 17 heures, un rendez-vous que vous ne pouviez remettre ?

— C'est bien ça, oui.

— Eh bien, allez à votre rendez-vous et revenez aux

60

Vigneaux ensuite. Il se peut que j'aie à vous faire préciser certains détails. Et je tiens à avoir sous la main tous les témoins du drame. Encore que le mot témoin...

Xavier Brandon marcha vers la porte. Sur le seuil, il se retourna, hésitant :

— Vous m'avez surtout interrogé sur Sabine Servier. Et beaucoup moins sur mon patron...

— Chaque chose en son temps. J'attends les rapports d'autopsie.

Pendant quelques secondes, l'adjudant eut l'impression que le garçon allait lui révéler quelque chose de capital. Bouche entrouverte, il resta immobile, prêt à parler lui semblait-il. Puis il hocha la tête et quitta la pièce. Terrail remarqua qu'il fermait la porte avec beaucoup de précaution.

Dans le grand salon, à l'heure qu'il avait fixée, se trouvaient réunis tous ceux qui avaient passé la nuit aux Vigneaux. Un peu plus fébrile que le matin, Sarah Gondrand-Larrivière vint au-devant de lui. Une robe très légère de mousseline de soie bleu marine qui allait bien à son teint et, autour du cou, un foulard assorti à la robe, elle dissimulait mal son impatience.

— Cette attente est insupportable ! dit-elle. Vos hommes prétendent ne rien savoir et vous, vous ne me dites rien !

— Concernant votre mari ?

— D'abord, oui, mais il y a aussi cette petite Sabine...

— Ainsi que je viens de le dire, j'attends les rapports d'autopsie. Tant que je ne les aurai pas...

Il jeta un coup d'œil circulaire aux invités de l'éditeur. Moyenne d'âge, la cinquantaine. Tous dans le genre cossu. Les femmes en robe de campagne de chez les grands faiseurs, les hommes en jeans et polo décontractés, mais signés sans doute des plus célèbres griffes de la mode masculine. Tous portant beau, mais visiblement tendus, ils affichaient des mines de circonstance, ou une désinvolture sans doute feinte. Mme Gondrand-Larrivière fit les présentations.

— Maître Bersetton, du barreau de Paris. Il fait partie du conseil d'administration de nos publications. C'est le conseiller et l'ami de la famille. Et c'est lui qui aura à s'occuper d'une succession que je prévois difficile.

Celui-là seul portait le costume trois-pièces Prince de Galles, avec une pochette en camaïeu de rouges, et une cravate bleue, le chic étant cette année-là de ne pas assortir les couleurs de la cravate et de la pochette. Un visage en couperet, le blanc des yeux un peu jaune, et l'index et le majeur fortement ombrés par la nicotine. Sa femme, la fofolle mondaine, capable sans doute des pires gaffes, mais très habile à les rattraper dans un rire plus fêlé que juvénile. Partagée entre l'obséquiosité et l'envie qu'elle avait de toiser « ce petit gendarme de quatre sous tout juste capable d'arrêter les voleurs de poules », elle s'en tira par une esquisse de révérence qui amusa l'adjudant. Les présentations continuaient :

— Guilaine de Harcouët et Juan, son fiancé.

Plus jeunes, ceux-là, la trentaine l'un et l'autre, peut-être même un peu moins. Une fille de caractère, pas jolie, mais un certain charme. Pas timide mais réservée, visiblement dépassée par les événements. Avec intérêt, Terrail vit cependant son visage se fermer, devenir hostile à mesure que Sarah Gondrand-Larrivière parlait.

— Guilaine travaille depuis des années à la rédaction de *La Semaine des quatre jeudis*. Tout comme Juan, d'ailleurs, puisqu'ils font équipe. Mon mari leur a donné leur chance à l'un et à l'autre quand ils sont venus le voir. Les débutants ont toujours besoin des conseils d'un éditeur avisé pour concrétiser leurs aspirations. En fait, mon mari leur a permis d'être ce qu'ils sont. Maxence avait des idées très précises sur la façon dont *La Semaine des quatre jeudis* devait évoluer. C'est de cela qu'ils devaient notamment parler tous les deux avec Maxence. Et avec moi aussi, bien sûr.

Elle avait détaché les mots de cette dernière phrase pour démontrer qu'elle entendait en tout état de cause demeurer la patronne. Elle posa la main sur le bras d'une femme entre deux âges, très maquillée :

— Monique Bersetton.

Elle enchaîna très vite, sans donner plus de détail :

— Jacqueline et Raphaël Bernois, Hélène et Vincent Darrigault.

Tous affectaient une désinvolture ennuyée dont Terrail n'était pas dupe. Plus détendue, Sarah se tourna vers une jeune femme qui se tenait derrière elle, un peu en retrait :

— Et puis voici Sophie, l'irremplaçable. Sophie Barnier, le bras droit de mon mari, bien plus que sa secrétaire. Par ailleurs, un programme vivant ; elle est capable de vous réciter dans l'ordre, et sans se tromper, la liste de tous les livres que nous allons publier avant la fin de l'année dans nos différentes collections. Ce matin, avant votre arrivée, elle était allée faire une course à Montargis, c'est pourquoi vous ne l'aviez pas encore vue.

L'adjudant remarqua qu'elle était la seule à garder son naturel. Plus près de la quarantaine que de la trentaine, elle donnait dans le chic modeste, aussi bien dans sa mise — une robe de toile blanc cassé, au col droit, sans ornement, une chevelure coupée très court, d'un blond pâle, qui ne devait visiblement rien à un savant coiffeur — que dans son comportement. Elle fut la seule à regarder l'adjudant bien en face, sans émotion et sans trouble.

— Si l'on excepte Xavier Brandon, que vous avez autorisé à se rendre à Paris, je vous ai présenté tous les invités qui ont dormi la nuit passée aux Vigneaux. Sauf les domestiques, bien entendu. Mais je suppose que vous voudrez les entendre séparément ?

Il y avait un tel dédain dans sa voix qu'il eut envie de la prier de les convoquer sur-le-champ. Il y renonça en pensant qu'ils parleraient avec plus de liberté hors de sa présence.

— Bien sûr, dit-il. Je les entendrai les uns après les autres, tout comme vous. Avant, j'aimerais que vous me disiez si quelqu'un parmi vous, après avoir gagné sa chambre, en est ressorti cette nuit. Soit pour aller faire une promenade, soit plus banalement pour aller boire...

Il sentit qu'il faisait fausse route. Les invités échangeaient des regards ironiques ; ils firent tous non de la tête, tandis que Mme Gondrand-Larrivière disait :

— Il y a des bars abondamment pourvus dans chacune des chambres. Il était très tard et nous nous sommes couchés immédiatement...

— Si bien que personne n'a entendu de bruit suspect, des bruits de pas dans les couloirs, par exemple ? Si j'ai bien observé les lieux, les chambres donnent toutes dans le couloir, au bout duquel se trouve la chambre de M. Gondrand-Larrivière ?

A nouveau des hochements de tête négatifs. Il insista :

— Rien, absolument rien ?

L'adjudant regarda les invités les uns après les autres ; il fut surpris par la fébrilité soudaine de Sophie. De plus en plus mal à l'aise, elle triturait son mouchoir. Enfin, sans regarder personne, elle dit comme on se jette à l'eau :

— J'ai entendu parler dans la chambre de M. Gondrand-Larrivière. Nous étions tous montés depuis au moins une demi-heure. Peut-être plus. C'est surtout M. Gondrand-Larrivière qui parlait haut et fort. Il paraissait furieux.

Les rapports du médecin légiste arrivèrent peu de temps après à la gendarmerie de Ferrières. Sabine Servier avait été tuée par un instrument contondant qui avait brisé deux vertèbres cervicales. Son corps ne portait pas d'autre trace de violence, elle n'avait pas été violée, ce qui écartait a priori l'hypothèse d'un crime sexuel. La mort se situait entre deux et trois heures du matin. Sur le cou de Maxence Gondrand-Larrivière, le légiste relevait bien des traces de strangulation, mais l'éditeur était mort d'un infarctus. Il avait peut-être été agressé et, le cœur fragile, il était sans doute mort d'émotion.

L'adjudant Terrail relut les deux rapports, qui ne lui apprenaient rien qu'il ne savait déjà. Ils confirmaient simplement ses déductions. Les questions, nombreuses, restaient posées. Qui avait tué Sabine Servier et pourquoi ? Que faisait-elle au milieu de la nuit dans le cimetière du Bignon-Mirabeau ? Si elle avait été tuée aux Vigneaux ou dans les environs, qui l'avait transportée jusqu'au cimetière ? En ce qui concernait le patron de presse, qui le haïssait au point de vouloir l'étrangler ? Restait l'hypothèse d'un étranger qui, à la faveur du concert, se serait introduit dans la maison, le personnel lui ayant confirmé qu'aucune serrure n'avait été forcée. Un familier ? Sommairement passés en revue, aucun des invités de Maxence n'avait apparemment une tête d'assassin. Mais il savait mieux que personne qu'un assassin peut avoir une tête d'ange. A priori, il écartait les femmes, aucune ne paraissait de force à s'attaquer à l'homme grand et fort qu'était l'éditeur, même si l'état de son cœur le diminuait beaucoup. Les hommes ? En fait, l'important était de rechercher le pourquoi et le comment des choses. Il ne se cachait pas que pénétrer comme il le faisait depuis la veille dans un milieu qui lui était étranger ne cessait pas de lui donner des complexes. Mais, en même temps, il se disait que cette non-connaissance avait aussi des avantages ; il pouvait contempler cette faune étrange avec un œil neuf.

Après la révélation coup de théâtre de Sophie Barnier, la secrétaire de l'éditeur, il l'avait convoquée pour 9 h 30 à la gendarmerie, et il était 9 h 15. Il pensait en effet que, dans son bureau, et loin de l'influence de la redoutable Sarah, la secrétaire serait plus vulnérable et plus à l'aise, aussi, pour parler, si toutefois elle avait une révélation à lui faire. Mais il était sans grande illusion. A l'issue de sa courte entrevue avec les invités de l'éditeur, il avait pensé qu'il ne lui fallait pas attendre grand-chose d'eux. Tous faisaient bloc derrière la femme forte qu'était Sarah. Méprisants, ils le laisseraient patauger dans son enquête s'il ne pouvait, dès les premières heures, marquer des points décisifs et frapper un grand coup.

Curieusement, alors qu'elle était seule en face de lui, impressionnée sans doute, Sophie Barnier lui parut moins fragile que dans le grand salon des Vigneaux où timide, effacée, effarouchée presque, elle jetait des regards inquiets à Mme Gondrand-Larrivière.

Le visage mince, sans maquillage, net et impérieux, était adouci par la fraîcheur des yeux clairs, par la blondeur d'une chevelure sans apprêt. La bouche mince, peu sensuelle, se pinçait parfois, comme si elle retenait ses mots. Adolescente, Sophie avait dû être jolie ; n'eût été son extrême nervosité, la femme de quarante ans l'était restée, la maturité ayant gommé ce que la gamine devait avoir d'acide. D'emblée, avant même que l'adjudant ne lui eût posé la moindre question, elle dit d'une voix forte, qui contrastait avec son aspect fragile :

— Aux publications Gondrand-Larrivière, je fais partie des meubles, c'est peut-être pour ça qu'on ne me voit pas.

Une certaine amertume perçait sous la voix. Elle reprit :

— Quand je suis entrée dans la boîte, j'avais vingt ans. Les deux bacs, une école de dactylo, j'ai fait mes premières armes quand les deux hebdomadaires, qui devaient asseoir le succès de ce qui ne constituait pas encore un groupe, ont été lancés. L'un et l'autre d'après une formule relativement nouvelle. Pendant deux ans, j'ai été un peu la dactylo à tout faire, et puis M. Gondrand-Larrivière m'a prise à son service.

— Il y a combien de temps ?

— Le patron devait fêter dans un mois quinze ans de bons et loyaux services, comme on dit. Et puis, voilà...

Il était surpris qu'évoquant cela elle ne parût pas éprouver d'émotion particulière.

— Rien n'empêche son épouse de...

Elle l'interrompit :

— Oh, elle...

Sophie n'avait pas élevé la voix où il perçut davantage de désenchantement que d'hostilité dans la façon qu'elle avait de dire « elle ». Il ne devait pas circuler un bien grand courant de sympathie entre les deux femmes.

— Elle ?

— Il y a plusieurs façons d'être un grand patron de presse. La dictature, la décontraction ou le professionnalisme, rien que le professionnalisme, en négligeant le côté humain. M. Gondrand-Larrivière savait être un vrai patron. Il savait toujours parfaitement ce qu'il voulait. Infatigable, toujours sur la brèche, souvent le premier arrivé et le dernier parti, il connaissait très bien jusqu'au plus obscur de ses collaborateurs. Il obtenait tout et même au-delà parce qu'il savait s'inquiéter au bon moment de la rougeole du dernier-né ou des rhumatismes de la grand-mère. Je caricature à peine. Je veux simplement dire que c'était un bon patron.

— Adoré de son personnel, c'est ça ? Vous ne trouvez pas que ça fait un peu cliché ?

La surprise de Sophie n'était pas feinte.

— Non. La maison n'aurait pas si bien marché si tout le personnel, du grouillot aux rédacteurs en chef, ne s'était pas investi aussi totalement que lui dans l'affaire. Je sais, ça peut paraître très roman fin de siècle, mais c'est ainsi.

— Et pourtant ce patron sur mesure, le cœur sur la main, et tout et tout, on a tenté de l'assassiner !

— Permettez-moi de vous faire remarquer que cette tentative d'assassinat a eu lieu ici et non dans ses bureaux du boulevard Malesherbes. Avant-hier soir, aux Vigneaux, ses collaborateurs étaient fort peu nombreux !

— Vous avez une opinion, vous, sur cette tentative d'assassinat ?

— Aucune. J'étais censée bien connaître mon patron, ne rien ignorer de ses préférences, de ses goûts, de ses manies, de ses travers et je ne suis pas encore arrivée à me faire à l'idée que quelqu'un ait pu lui en vouloir au point de décider de le tuer.

— Parmi les invités restés aux Vigneaux pour le week-end, y en aurait-il un qui, selon vous...

Elle redressa la tête, regarda le gendarme qui notait sa déposition, comme si elle le découvrait et, malgré elle peut-être, sa voix devint plus sèche :

— Si je comprends bien, vous me demandez de dénoncer quelqu'un ? Quelle horreur ! Sauf Guilaine et Juan, et sauf aussi Me Bersetton, mais de plus loin, je ne connaissais pas les invités de mes patrons. Je ne voudrais pas que vous perdiez de vue l'essentiel, à savoir que je venais pour la première fois aux Vigneaux.

— La première fois en quinze ans ?

— Oui. Il n'y a là rien d'étonnant. Les Vigneaux, c'était en quelque sorte, si je peux employer cette

68

expression, le domaine réservé du patron. Son lieu de repos. Et je n'y ai été invitée que parce qu'il a donné un concert et une réception qui devaient marquer dans l'esprit des gens.

— Une seule manifestation de ce genre en quinze ans ?

— Oui.

— Un concert comme celui-là doit coûter une petite fortune ?

— De temps en temps, M. Gondrand-Larrivière avait de ces gestes un peu fous. Une année, alors que nous allions publier un reportage coup de poing sur l'Egypte, il a emmené une trentaine de personnes dans une croisière sur le Nil. Les petits plats dans les grands, comme on dit. Autant que vous le sachiez tout de suite si vous n'en avez pas encore eu vent, la maison traverse une phase délicate, pour ne pas dire difficile. Quand les rumeurs commencent à s'étaler comme des taches d'encre sur un buvard, il faut réagir vite ou la dégringolade s'accentue. M. Gondrand-Larrivière a pensé que le meilleur moyen de faire taire les ragots et d'arrêter l'inquiétude des actionnaires, c'était d'en mettre plein la vue aux gogos, aux snobs et aux chers confrères qui se réjouissaient déjà et se préparaient à baisser le pouce.

— Et vous pensez que ce concert va enrayer la chute des ventes ?

— Le plus urgent était de couper court aux propos alarmistes. A la veille des vacances, ce concert lui donnerait peut-être le temps de se retourner avant la rentrée. J'ai bien peur maintenant qu'il ne soit plus possible de ne pas licencier ni d'empêcher la fermeture d'imprimeries pas suffisamment rentables. On imprime moins cher, beaucoup moins cher parfois en Italie ou en Espagne. On ne pourra peut-être même pas éviter la fusion de certains titres...

— Comment savez-vous tout cela ?

— Une secrétaire est forcément au courant de tout, ou de presque tout. Je parie que je vous en apprends plus sur la marche de la maison que Mme Gondrand-Larrivière elle-même...

— Mais la maison d'édition, là-dedans ?

— Elle, elle échappe à la crise. Mme Gondrand-Larrivière s'en occupait et s'en occupait bien. Le chiffre d'affaires augmente régulièrement de mois en mois. Et cette collection de premiers romans, que tous ses confrères trouvaient très casse-gueule, eh bien, elle est devenue le cheval de bataille de la maison. Sans parler des autres collections. Un signe qui ne trompe pas : plusieurs auteurs vedettes de grandes maisons font discrètement savoir à la patronne qu'ils seraient prêts à lui donner qui un recueil de nouvelles, qui des pièces de théâtre jouées mais jamais publiées.

— Des fonds de tiroir, en somme ?

— Pas forcément. Mais des livres moins faciles à vendre que des romans. Elle dit non et elle a raison. Ou des livres importants, ou rien.

— Les rapports entre les deux époux ?

— Je vous l'ai dit, même si j'étais la collaboratrice la plus directe de M. Gondrand-Larrivière, je ne savais rien de sa vie privée. Ou presque rien. Je n'ai jamais vu le mari et la femme ailleurs qu'au bureau. De très bons rapports de travail, une confiance réciproque et une grande estime, aussi. Tout baignait dans l'huile sur le plan professionnel.

— Et sur le plan sentimental ?

— Je n'ai rien remarqué de spécial. M. Gondrand-Larrivière disait toujours que rien n'est pire que de mêler travail et vie sentimentale.

— Pas de liaison avec ses collaboratrices ?

Elle rougit, effarée, porta les mains à son front, puis dit sèchement :

— Pas à ma connaissance.

— Et avec Sabine Servier ?

Un bref sourire tira sa lèvre en même temps que ses mains se crispaient sur les accoudoirs de bois de son siège.

— Je sais, dit-elle enfin, toutes les apparences étaient contre eux. Une grande admiration de Sabine pour celui qui lui avait donné sa première chance et qui l'avait fort bien lancée, et, de sa part à lui, la fierté de l'avoir découverte, de lui avoir très vite fait un nom et aussi, je crois, une grande affection. Le drame du patron, c'était de penser que personne de sa famille ne lui succéderait le moment venu. Il disait : « Tout ça deviendra une usine sans âme. » Quand il disait « Tout ça », il désignait aussi bien ses journaux que sa maison d'édition.

— Mais son fils ?

— Cedric ? Il a suivi sa mère quand elle a divorcé de M. Gondrand-Larrivière. Bien sûr, il s'occupe de nos bureaux aux Etats-Unis et il fait du bon travail là-bas, mais le patron n'a jamais envisagé qu'il puisse revenir en France un jour et lui succéder.

— Sur quoi fondait-il cette conviction ?

— Je ne sais pas. Cedric est plus américain que français.

— Venons-en à cette altercation dans la chambre de M. Gondrand-Larrivière, que vous avez entendue après le concert. Il était à peu près quelle heure ?

— Vous m'avez déjà posé la question et je vous ai répondu une demi-heure, trois quarts d'heure peut-être après que nous soyons montés. Je ne peux pas être plus précise.

— Quand votre patron a quitté ses invités, comment était-il ? Il vous a paru préoccupé ?

— Pas du tout. Le concert l'avait comblé. Le critique de l'*Univers* l'avait complimenté pour la qualité du concert et pour sa parfaite organisation. Non, il était heureux, détendu. Si tant est, bien sûr, que l'on puisse savoir ce qui se passe réellement dans la tête des gens. Sous des apparences affables, courtoises, c'était un être secret, renfermé même.

— Vous entendez des éclats de voix. Auparavant, vous n'avez pas perçu des bruits de pas, de porte que l'on ouvre puis que l'on ferme ?

71

— Non. C'est la voix de M. Gondrand-Larrivière qui m'a surprise. Il avait l'air très en colère, mais je n'ai pas compris ce qu'il disait.

— Et cela a duré...

— Très peu de temps. Quelques minutes.

— Avez-vous entendu l'autre voix ?

— Non. C'est même ce qui m'a frappée. Et qui me surprend encore. Je n'ai entendu que la voix de mon patron.

— Et ensuite, la porte a claqué ? Vous n'avez pas eu la curiosité de regarder qui sortait de la chambre de votre patron ?

Elle marqua une légère hésitation, porta son index replié à sa bouche, qu'elle mordilla, puis elle dit :

— La curiosité l'a emporté sur la discrétion.

— Et alors ?

— Eh bien, ça reste une énigme pour moi. Personne n'est sorti de la chambre. Et pourtant, je suis restée pendant de longues minutes à regarder. Et puis, je me suis recouchée.

— Quelque chose me surprend. Comment se fait-il que vous soyez la seule à avoir entendu ces éclats de voix ?

— Je me suis posé la question. Et j'ai trouvé un semblant de réponse. Qui ne vaut que ce qu'elle vaut. Voilà. Les portes de la plupart des chambres qui donnent dans le couloir s'ouvrent sur une entrée. A gauche de cette entrée, une penderie, à droite la salle de bains. Il faut ouvrir une autre porte pour avoir accès à la chambre. Et cette entrée est assez grande...

— Et vous pensez que ces doubles portes sont suffisantes pour étouffer tout éclat de voix ?

Elle l'interrompit, agacée par le scepticisme que trahissait son sourire :

— J'ai dit que j'avais un semblant de réponse, pas la réponse elle-même. Il doit être facile de vérifier. Moi, j'occupe la pièce qui jouxte la chambre de M. Gondrand-Larrivière. Et cette pièce n'a pas de double porte. Je vous répète que je n'étais pas la maîtresse de mon patron. Toutes les chambres étaient occupées et on a dû dresser un lit pour moi dans ce qui est d'habitude une lingerie.

— Vous m'avez bien dit que vous veniez aux Vigneaux pour la première fois ?

— Oui.

— Comment se fait-il que vous connaissiez si bien l'agencement des chambres ?

— Tout simplement parce que j'en ai vu une ouverte. Et parce que je me le suis fait confirmer par une femme de chambre.

— Bien. Venons-en à Sabine Servier. Quels étaient vos rapports avec elle ?

— Professionnels et cordiaux, sinon amicaux. Il fallait toujours passer par mon bureau pour avoir accès à celui du patron. Je veux dire pour obtenir un rendez-vous, car il y avait effectivement une porte qui donnait directement dans le hall.

Elle marqua un léger temps d'arrêt avant de reprendre :

— Dans cette maison, j'ai fini par un peu tout faire. Taper les contrats, remettre éventuellement les chèques, collationner les coupures de journaux avant de les confier à l'attachée de presse. Quelques semaines après la sortie de son livre, c'était presque quotidiennement que Sabine me rendait visite. Des articles, il y en avait presque à chaque courrier. Elle jouait à trouver normaux les articles flatteurs et à s'indigner contre ceux qui l'étaient moins, ou pas du tout. Mais elle avait la tête sur les épaules, ça n'était pas une bêcheuse, comme certains auteurs. Et ce qu'il y avait de sain avec elle, c'est qu'en dépit de tout le tapage que l'on faisait autour de son livre, elle ne se prenait pas au sérieux. Je ne peux parler d'elle que sur le plan professionnel. Personne n'a jamais rien su de sa vie privée. La seule chose que je peux dire, c'est qu'elle a très souvent changé d'adresse. Et qu'elle n'a jamais habité les quartiers chic.

— Elle avait remis à son éditeur le manuscrit de son second roman ?

— Non. Mais elle m'a dit qu'il était terminé ou presque et qu'il ne lui restait plus qu'à resserrer les boulons, c'était une expression qu'elle aimait bien employer. Je suppose qu'elle voulait dire qu'elle y apportait les dernières retouches. Elle était assez contente. Elle me disait : « Je vais encore une fois diviser les critiques. Il y aura ceux qui vont m'adorer et ceux qui écriront qu'ils me verraient mieux en gardienne d'oies qu'en romancière. » J'exagère à peine.

— Elle n'avait pas de second métier ?

— Son premier roman *Les Raisins sauvages* a très bien marché. M. Gondrand-Larrivière lui a versé de substantiels droits d'auteur, comme on dit. Elle collaborait aussi régulièrement à nos publications. Elle était toujours très bien habillée et elle semblait ne se priver de rien. Mais elle ne me faisait pas de confidences et quand les services commerciaux de la maison lui ont demandé une notice biographique, elle a refusé. Il y a des auteurs comme ça, qui sont très discrets. Elle disait : « Que les journalistes s'intéressent à mon livre, et c'est suffisant. Ils n'ont pas besoin de savoir si j'aime la confiture de rhubarbe ou si j'ai élevé des moutons dans les Causses ! »

— Vous avez eu l'occasion de vous entretenir avec elle le soir du concert ?

— Oui et non. Elle était très occupée, moi aussi.

— Si bien que vous ne pouvez pas me dire si elle est venue seule ou si quelqu'un l'accompagnait ?

— Elle m'avait demandé un second carton d'invitation, mais sans me préciser pour qui. Je le lui ai donné. J'ai tenu une liste très complète des invitations, mais pour elle, j'ai simplement marqué : deux places, en face de son nom. A-t-elle été accompagnée, je ne le sais pas. La seule chose que je peux affirmer, c'est qu'elle ne m'a pas rendu le carton d'invitation, ce qu'elle aurait fait sans doute si elle avait assisté seule au concert. Elle savait le nombre de places très limité. Elle n'ignorait pas non plus que j'avais à résoudre le problème de la quadrature du cercle tant les demandes étaient nombreuses. Et, croyez-moi, il n'y avait pas la moindre place inoccupée !

— Si elle n'est pas venue seule, elle ignorait qu'elle allait être conviée à passer le week-end aux Vigneaux ?

— Pourquoi ça ? Elle a très bien pu venir avec quelqu'un, et ce quelqu'un a pu rentrer seul, ensuite. J'ai appris seulement à la dernière minute que Sabine serait des nôtres aux Vigneaux pendant trois jours. Ces invitations-là, seule Mme Gondrand-Larrivière les faisait. Je n'ai jamais eu à m'en occuper.

— Avez-vous l'adresse de Mlle Servier ?

— En principe, oui. Dans mon carnet d'adresses personnelles. Mais il est resté aux Vigneaux. Je peux vous téléphoner cette adresse dès mon retour.

— Je vous remercie.

Il faisait chaud dans la pièce que le soleil frappait de plein fouet quand les nuages qui couraient, rapides, ne le cachaient pas. Une chaleur lourde, pourtant. Prélude à un orage ? D'une voix qu'elle s'efforça de rendre naturelle, Sophie demanda :

— Les corps vont rester longtemps à la morgue ?

— Je ne le pense pas. Dès que les permis d'inhumer seront délivrés, je ferai parvenir aux Vigneaux celui de M. Gondrand-Larrivière. Savez-vous si son épouse envisage de le faire inhumer au Bignon-Mirabeau ?

Elle eut un sursaut qui, en toute autre circonstance, l'eût amusé.

— Les Gondrand-Larrivière ont un caveau au Père-Lachaise. La patronne a déjà téléphoné au curé de la Madeleine.

L'adjudant se leva.

— Vous avez un moyen de locomotion ? Non ? Alors, je vous ramène. Je me rends aux Vigneaux. J'ai plusieurs vérifications à faire.

Il prit les feuillets que lui tendait Guillaume, hocha la tête et dit :

75

— Voulez-vous signer votre déposition ?

Elle le regarda, faillit dire quelque chose, signa sa déposition sans la relire. Puis elle suivit Terrail dans le couloir. Derrière une porte vitrée, un jeune gendarme tapait à la machine à écrire. Elle trouva qu'il allait plus vite qu'elle et cela l'agaça.

Elle dit, sur un ton de défi :

— Il y a des années que mon mari et moi faisions chambre à part.

Elle poursuivit, parce que l'adjudant ne réagissait pas, ne souriait pas d'un air entendu, ne manifestait pas un intérêt accru :

— Ce n'est pas à cause de ce que vous pourriez croire. Simplement, mon mari avait l'habitude de se coucher tard, parfois à des heures impossibles, de se lever au milieu de la nuit pour prendre des notes alors que moi, il me faut mes huit heures de sommeil pour que je sois en forme.

— En somme, et bien que vivant ensemble, vous aviez des existences séparées ?

Elle le regarda par en dessous. Que voulait-il insinuer ?

Même absence de réaction du jeune gendarme qui, aux côtés de Terrail, prenait des notes, attentif seulement à une intonation de voix, à une hésitation, à une possible contradiction. L'adjudant se disait que, jusqu'à maintenant, Mme Gondrand-Larrivière avait fait un parcours sans faute.

— C'est vrai, nous partagions les mêmes maisons, nous avions nos bureaux au même étage boulevard Malesherbes, nos intérêts étaient complémentaires. Et pourtant... Pour être tout à fait franche, je vous dirai que nous vivions côte à côte mais que, depuis longtemps, nous ne formions plus un couple, Maxence et moi, dans le sens du moins où on l'entendait seulement il y a une trentaine d'années. Souvent, je l'ai déploré, plus encore depuis qu'il est mort. Si j'avais été près de lui, mon mari ne serait sans doute pas mort. Encore que les crises cardiaques...

— Avait-il déjà eu des alertes ?

— Oui et non. C'était un grand nerveux, un grand anxieux, aussi. Même s'il prenait sur lui pour que cela ne se voie pas. Parfois, et parce qu'il était le contraire d'un homme qui se plaint, il portait la main à sa poitrine ou il s'arrêtait à mi-parcours quand il avait à monter un escalier de cinq ou six étages sans ascenseur, mais sans s'attendrir sur lui-même. Les ennuis professionnels qu'il avait depuis quelque temps n'ont pas arrangé les choses. Il s'entêtait. Je n'étais pas d'accord avec lui dans l'analyse qu'il faisait de la crise que nos affaires traversaient. Si, comme je l'espère, je reprends les affaires en main, j'essayerai de redresser la barre avec mes méthodes à moi. Je ne me dissimule pas que ce ne sera pas facile.

— Si vous reprenez les affaires en main... Vous n'en êtes pas certaine ?

— Je vous l'ai dit : il a un fils, Cedric, né d'un premier mariage et qui vit aux Etats-Unis. J'ai une bonne part d'actions dans les affaires de mon mari, mais serai-je majoritaire au prochain conseil d'administration ? Et si mon mari, pour maintenir la maison à flot, avait vendu un certain nombre d'actions ?

— Sans vous en parler ?

— Il faisait partie de ces gens qui pensent conjurer le mauvais sort en taisant leurs difficultés. C'est possible, pas certain, de toute façon, je serai fixée dans la semaine.

— Vous m'avez déjà dit que, le soir de sa mort, son comportement était le même que d'habitude ?

— Il était simplement un peu plus tendu. Vous savez

pourquoi il avait voulu donner ce concert. Le genre orchestre qui joue pendant que le bateau coule... Je lui ai dit sur tous les tons que personne ne serait dupe, mais il n'a rien voulu entendre. C'est vrai aussi qu'il n'y a eu aucune défection parmi ses invités. Et, en partant, les gens n'ont pas paru lui serrer la main comme on présente des condoléances.

— Aucun incident n'a marqué ce concert ? N'avez-vous rien remarqué de spécial, quelqu'un qui s'en serait pris à votre mari, qui...

Elle hocha la tête, lasse soudain :

— Rien. Je vous l'ai déjà dit aussi. Quand Maxence, très serein, est allé se coucher, il était comme ragaillardi. Le lendemain, il devait réunir ses collaborateurs présents aux Vigneaux pour une séance de travail. Une idée qui lui était venue et dont il refusait de parler. Il devait travailler encore là-dessus, c'est du moins ce qu'il m'avait dit.

— Dans ce cas, n'avait-il pas pris des notes ? Vous n'avez rien trouvé dans ses papiers qui ait un rapport de près ou de loin avec son projet ?

Elle le regarda plus attentivement, avec une certaine réprobation.

— Vous m'avez dit de ne toucher à rien et je n'ai touché à rien. Il est facile de vérifier.

Déjà elle était debout, d'autant plus vexée que le piège de l'adjudant, si piège il y avait, lui paraissait gros. Il le perçut et fit un geste d'apaisement de la main.

— Excusez-moi et asseyez-vous. Vous n'avez pas une petite idée sur ce projet ?

— Aucune.

— Sophie Barnier était au courant, bien entendu ?

— Je le suppose. Sauf qu'il faisait le point chaque matin avec elle et qu'il a pu, de bonne foi, penser qu'il n'avait pas à la convoquer spécialement. Tout aussi bien, il a pu ne lui parler de rien.

Il lui tendit un papier dans une enveloppe.

— J'allais oublier, pardonnez-moi. Voici le permis d'inhumer.

Elle prit l'enveloppe d'une main tremblante et murmura :

— Ce qui veut dire que rien ne s'oppose à ce que j'organise les obsèques ?

— Non.

— Mon mari a toujours souhaité être enterré dans un petit cimetière de campagne, sans grande cérémonie. Mais dans ce domaine, comme dans d'autres d'ailleurs, vous savez aussi bien que moi que les vœux des défunts ne sont jamais respectés. Il aura droit à des obsèques solennelles à la Madeleine et sera inhumé au Père Lachaise. Cela vous étonne ? Réfléchissez : cela va dans le même sens que le concert d'avant-hier. De la poudre aux yeux, pour sauver les meubles, si vous me passez cette expression.

— Et pour Sabine Servier ?

Elle se retourna, surprise :

— Je suppose qu'elle a de la famille ? Ce n'est pas à notre maison à... Si vous voulez avoir des renseignements sur elle, demandez-les à Sophie. Elle doit avoir son dossier. Même si elle était des nôtres ce week-end, Sabine n'était que notre auteur maison, et pas plus. Je n'ai pas encore compris pourquoi mon mari tenait tellement à l'avoir avec nous ce week-end. Il s'est presque fâché quand je lui ai dit qu'elle était ennuyeuse comme la pluie. Ah, s'il m'avait écoutée...

— Je vous remercie. Pouvez-vous m'envoyer Guilaine de Harcouët et son ami ? Je voudrais en avoir fini au plus tôt avec vos invités.

— Je... Je n'ai rien à signer ?

— Je vous demanderai de passer demain à la gendarmerie pour que nous enregistrions votre déposition.

Le soleil ardent de fin juillet frappait de plein fouet les fenêtres du boudoir Vasarely que Mme Gondrand-Larrivière avait mis à la disposition de l'adjudant. La pleine lumière ajoutait encore à l'harmonie géométrique des

80

couleurs du peintre et, n'eût été son enquête qui le préoccupait beaucoup, Terrail eût apprécié pleinement les lignes du décor très moderne qui l'entourait et qui contrastait singulièrement avec l'aspect rustique de la vieille ferme gâtinaise devenue résidence de milliardaire. Abandonnée sans doute, au moment de sa réhabilitation aux caprices d'un décorateur hardi et peut-être de génie, cette demeure gardait malgré tout une certaine authenticité.

En pleine lumière aussi, Guilaine apparaissait à Terrail moins jeune, moins fragile et surtout moins vulnérable que lorsqu'il l'avait vue pour la première fois au milieu des autres invités des Gondrand-Larrivière. Des jeans de toile blanche, un débardeur jaune pâle barré de bleu, un pull d'un jaune plus soutenu noué autour du cou, sa chevelure blonde coupée court la faisait ressembler à un page florentin.

Plus effacé, plus quelconque, aussi, son compagnon cachait mal l'admiration qu'il lui portait. Après qu'ils eurent confirmé à l'adjudant qu'ils n'avaient rien vu, rien entendu, rien remarqué de spécial avant, pendant et après le concert, pendant et après la réception qui avait suivi — ce qui ne surprit pas Terrail — ils lui précisèrent aussi que Gondrand-Larrivière ne leur paraissait pas plus préoccupé que d'habitude, au contraire.

— Qu'entendez-vous par là ?

— Il nous a paru... comment dire ?... soulagé d'un grand poids. J'ai toujours pensé que sous des apparences de grand capitaine d'industrie, très prudent, très conservateur, c'était un fonceur et surtout un joueur. C'est ça, un joueur qui tente le diable et qui n'est jamais sûr de ses coups.

C'était Guilaine qui répondait, calme, posée, réfléchie, marquant toujours un léger et à peine perceptible temps d'arrêt entre la question et la réponse. Juan se contentait d'approuver de la tête. Il ne cessait de regarder Guilaine et l'adjudant eut l'impression qu'il redoutait qu'elle ne parlât trop.

— Quelles étaient vos fonctions exactes dans le groupe ?

La question parut la surprendre. Elle dit, très sincèrement étonnée et presque choquée :

— Le petit escargot, c'est nous. Le petit escargot et sa copine Julie.

Elle eut un petit rire condescendant :

— Comment, vous ne connaissez pas le petit escargot, ni Julie ?

Comme si elle s'adressait à un enfant, elle lui expliqua que ces deux héros de bande dessinée étaient les personnages vedettes de *La semaine des quatre jeudis*, que des autocollants, des jouets en plastique, des puzzles les représentant faisaient depuis deux ans la joie des enfants de France et de Navarre. Et que Juan et elle étaient les heureux créateurs du petit escargot et de Julie.

— C'est moi qui écris les scénarios et les bulles, et c'est Juan qui dessine.

Elle ajouta, avec une certaine rancune dans la voix :

— Et c'est grâce à nous que *La semaine des quatre jeudis* est de tous les magazines pour enfants celui qui fait les plus fortes ventes en France et dans les pays francophones. Sans nous...

— C'était la première fois que vous étiez invités aux Vigneaux ?

Même âpreté dans la voix, alors que le garçon jetait des coups d'œil implorants à sa compagne.

— Oui, la première fois. Et la dernière aussi !

— Qu'entendez-vous par là ?

Il admira la promptitude avec laquelle elle se ressaisit. La banalité de la réponse lui fit penser qu'elle cachait quelque chose de plus précis.

— C'était la première fois que Gondrand-Larrivière donnait une telle fête. Et il n'aura plus à en donner d'autres ! Sa femme, elle, est plutôt du genre radin, si vous voyez ce que je veux dire...

— Connaissez-vous les motifs qui avaient incité l'édi-

82

teur à réunir le lendemain du concert quelques-uns de ses collaborateurs, et vous-mêmes ?

— Non. Il faisait le mystérieux. Il adorait ça. Depuis le temps que nous travaillons pour lui, nous en avons connu beaucoup, de mirifiques projets, qui finissaient en eau de boudin. Vous me direz qu'il faut faire beaucoup de projets pour en voir un prendre forme. N'empêche que, sans notre petit escargot, et sans Julie, *La semaine des quatre jeudis* serait en baisse, comme les autres publications du groupe.

Elle marqua un temps d'arrêt avant de reprendre :

— En plus de la réunion que Gondrand-Larrivière avait prévue le samedi avec ses collaborateurs, nous devions le revoir un peu plus tard dans la journée, en tête à tête cette fois. Autant que vous l'appreniez par nous, notre contrat avec *La semaine des quatre jeudis* arrive à expiration en septembre et nous voulions lui dire que nous ne comptions pas le renouveler. Nos personnages nous appartiennent et...

— Et je suppose que la concurrence vous faisait des offres alléchantes ?

— Alléchantes ? Cinq fois plus que ce que nous proposait Gondrand-Larrivière et un pourcentage plus important sur les droits annexes.

Terrail pensa que les rats s'apprêtaient à quitter le navire, ce qui était peut-être de bonne guerre, mais pas très sympathique. Et si ceux-là avaient eu une altercation avec lui après le concert, une altercation qui aurait mal tourné ? Mais non, cette altercation n'aurait pu se produire dans la chambre de l'éditeur...

— M. Gondrand-Larrivière était-il au courant de... de vos projets ?

— Non. Nous lui avions simplement demandé un rendez-vous. Mais nous étions sans illusion. Dans notre métier, tout se sait vite. Après tout, je le répète, c'est grâce à nous que son hedomadaire pour enfants voyait son tirage augmenter sans cesse...

Toujours la même sécheresse, la même âpreté dans la voix. Elle reprit :

— Tout travail mérite salaire et doit être payé à son juste prix. Est-ce qu'il nous a fait des cadeaux, Gondrand-Larrivière, quand nous avons débuté ? C'est tout juste s'il ne nous prenait pas nos planches pour nous faire plaisir...

— Vos bandes dessinées ont-elles été réunies en albums ?

— Gondrand-Larrivière s'est toujours refusé à les céder à un confrère. Il avait sa petite idée.

— Et sa petite idée ?

— C'était de les publier dans sa maison d'édition. Et sa maison, il l'a créée quand il a eu bien ciblé le créneau dans lequel il pouvait s'engager sans trop de risques. Sa collection de premiers romans, imposée par sa femme, c'était une idée casse-gueule, mais qui a réussi. La production de nos albums était prévue dans un second temps. C'est peut-être de ça, aussi, qu'on aurait parlé au cours de cette fameuse réunion. Notre contrat ne prévoit pas expressément que nos bandes dessinées devaient paraître en albums, et à plus forte raison chez lui. D'autant, je le répète, que sa maison d'édition n'existait pas quand nous avons signé...

— Et vous étiez décidés à lui faire payer cher...

— Mettez-vous à notre place... Un moment, nous avons envisagé de produire nos albums nous-mêmes, comme Bretecher, même si notre clientèle n'a rien à voir avec la sienne. Mais ni Juan ni moi ne sommes des gens d'édition. J'écris, Juan dessine, ça nous suffit.

— Vous me dites n'en avoir pas parlé avec votre éditeur avant le concert. Se doutait-il de quelque chose ? Elle hésita.

— Je ne peux pas vous répondre franchement non. Son accueil a été moins chaleureux que d'habitude, un peu contraint. J'ai beaucoup réfléchi depuis qu'il est mort. Après une épreuve comme celle-là, on voit forcé-

84

ment les choses autrement. Remarquez, c'est peut-être mon imagination qui travaille...

— Et s'il avait consenti à vous verser les mêmes droits d'auteur que ses confrères, lui auriez-vous laissé la préférence ?

Plus prompt que Guilaine, Juan répondit :

— Cette question ! Il ne faut quand même pas oublier que c'est *La semaine des quatre jeudis* qui nous a lancés !

Guilaine se tourna vers Juan et son regard exprima à la fois son étonnement et sa réprobation. L'adjudant avait été surpris par la voix du garçon, sèche, impérative. Trouvait-il que sa compagne en faisait trop ? Agacée, elle corrigea :

— Enfin, nous aurions réfléchi...

— Maintenant que votre éditeur est mort, allez-vous rester dans sa maison ?

— Ça... Tout dépend de ce qui va se passer...

— Vous pensez que Mme Gondrand-Larrivière va en prendre la direction ?

— Elle ? Elle a réussi sa collection, mais on ne m'enlèvera pas de l'idée qu'il y a des gens derrière. Des gens de métier. Elle, elle est la partie visible de l'iceberg, comme on dit. Mais je ne la vois pas tout diriger. J'espère qu'elle aura la sagesse de passer la main. Quant à dire si nous resterons... Je vois très bien Juan à un poste de responsabilité à *La semaine des quatre jeudis*...

Une nouvelle fois, Terrail la regarda, surpris. Elle avait eu un mouvement de tête orgueilleux et, si agacé qu'il fût, il ne put s'empêcher d'admirer son inconscience. Se rendait-elle compte que tant d'aigreur, tant de rancœur pouvaient faire d'elle une suspecte plausible ? Contradictoirement, sa maladresse, son côté gaffeur volontaire la lui rendait sympathique. La mégère castratrice dans toute son horreur. Il eut envie de lui demander comment ils travaillaient, Juan et elle et il se promit de le faire quand son enquête aurait suffisamment progressé. Ce qui n'était pas encore le cas. Encore qu'essayer de cerner la psychologie des proches de l'éditeur faisait partie de son travail.

— Que pensez-vous de Sabine Servier ?

— La romancière miracle ? *Les Raisins sauvages*, c'était un livre bien fait pour les gros tirages. Moins mauvais que l'ont dit les jaloux, moins bon que l'ont clamé les inconditionnels. Un excellent livre-mode. Quant à la femme, nous ne la connaissions pas. Nous ne l'avons jamais vue dans les bureaux de la maison. Nous avons fait sa connaissance seulement le soir du concert. Jolie fille, secrète juste ce qu'il faut pour intriguer. Si vous aviez vu les journalistes ! Ils n'en avaient que pour elle ! Moi, j'attends son second livre. C'est toujours là qu'on se rend compte si un romancier est authentique ou pas.

— Vous n'avez donc aucune idée sur ce qui a pu se passer au cimetière du Bignon-Mirabeau ?

— Aucune. Si je ne connaissais aussi bien les Gondrand-Larrivière, je dirais qu'il y a là un joli coup de pub pour le lancement de son second roman !

Juan porta les mains à son front. L'adjudant pensa qu'il devait se dire que Guilaine passait la mesure.

— Je vous remercie. Je pense que j'aurai l'occasion de vous revoir dans l'après-midi. Je vous dirai à ce moment-là à quelle heure vous pourrez passer à la gendarmerie pour faire votre déposition.

— Mais nous ne savons rien ! Nous n'avons rien vu et nous n'avons rien entendu !

— Vous me l'avez déjà dit. Comme ça, ça ira plus vite. Priez les Bersetton de me rejoindre ici.

Vivant à à peine plus de 100 kilomètres de Paris, mais insensible aux attraits de la capitale, bien enraciné dans son terroir et totalement insensible à la faune mondaine qui gravitait dans l'entourage des Gondrand-Larrivière, Terrail avait l'avantage de pouvoir traiter les gens avec la plus parfaite égalité. Pour lui, Me Bersetton était un avocat comme les autres. Qu'on le considérât comme une des éminences grises du barreau ne l'impressionnait pas. Pas davantage sa morgue ironique.

— Ma femme est allée faire une promenade dans le bois. Je ne pense pas que sa présence...

— Je vous avais prié de ne pas quitter la maison avant que je vous aie tous entendus...

— Elle n'a rien à vous dire...

— Elle n'a rien vu, rien entendu, je sais. Depuis ce matin, j'entends le même refrain. Pour ce qu'elle a à me dire, permettez-moi d'être le seul à juger si cela a de l'importance ou pas.

Les fleurets tirés dès les premières répliques. D'emblée, le célèbre avocat entendait délimiter son territoire. Et, s'il y avait lieu, marquer ses distances avec un gendarme fût-il, comme celui-là, adjudant et prompt à la réplique. Lui qui côtoyait les plus hauts magistrats de France, lui qui, depuis des lustres, disait tu aux Ministres de la Justice à quelque bord qu'ils appartiennent ! Que l'adjudant eût marqué d'emblée un premier point lui paraissait inadmissible.

— Et d'abord de quel droit me retenez-vous ici ? Avec presque l'interdiction de bouger ?

— Maître, ne m'obligez pas à invoquer une loi que vous connaissez aussi bien que moi. Deux morts dont l'une, au moins, est d'origine criminelle, c'est suffisant, non ? Je fais mon métier, à l'avocat que vous êtes de ne pas le compliquer inutilement.

Il laissa peser le silence pendant quelques secondes avant de dire, serein et très calme :

— Racontez-moi ce qui s'est passé aux Vigneaux après la réception qui a suivi le concert de vendredi, et surtout après que les invités de M. Gondrand-Larrivière se soient séparés pour aller se coucher. Je sais, votre récit ne sera sans doute pas différent de ceux que m'ont fait les invités qui vous ont précédé, mais sait-on jamais, un détail oublié...

Une ironie teintée de mépris sur ses lèvres, l'avocat n'en décrivit pas moins avec des mots choisis ce qui s'était passé, effectivement rien que de très banal et de déjà entendu.

— Maintenant, dites-moi où en sont les affaires de M. Gondrand-Larrivière. Sont-elles aussi catastrophiques qu'on le dit ?

— Catastrophiques ? Sûrement pas. En tout cas pas encore. Mais il est sûr que la chute des ventes de deux titres du groupe exigeait des mesures énergiques rapides. Mais Maxence était un entêté doublé d'un optimiste à tout crin. La voix de la sagesse, il ne voulait pas l'entendre. Si bien qu'on va être obligé d'appliquer à chaud et pas forcément dans de bonnes conditions des mesures qui, à froid, n'auraient pas produit trop de casse.

— Une compression de personnel ?

— Notamment. Mais ce n'est pas en réduisant les frais généraux qu'on relance une publication qui perd régulièrement des lecteurs. Si les lecteurs ne lui sont plus fidèles, c'est parce qu'elle ne correspond plus à leurs exigences. Rude tâche pour celui ou celle qui héritera de l'empire !

— Mme Gondrand-Larrivière ?

— C'est une femme pleine de qualités, mais je ne sais pas si elle a les épaules suffisamment solides pour ça, même si elle en est persuadée. Quant à Cedric, le fils de Maxence, j'essaie en vain de le joindre. Il faut dire qu'avec le décalage horaire... Et Mme Gondrand-Larrivière n'a pas ici son numéro personnel. En fait, Cedric se considère comme tout à fait américain et je le vois mal revenir en France, même pour succéder à son père. Le conseil d'administration se réunira après les obsèques. Il prendra alors les décisions qui s'imposent. Publication par publication, chaque hebdomadaire, chaque mensuel devra être remis à plat. Ensuite, il faudra peut-être vendre des titres, fusionner avec des publications similaires. Pour la première fois cette année, le bilan présentera un solde négatif.

— Important ?

— Nous ne sommes qu'en juillet. Mais je doute que la situation se redresse. Surtout maintenant que la maison n'aura plus à sa tête ce fou de génie qui s'appelait Gondrand-Larrivière.

— Selon vous, quelqu'un avait-il intérêt à l'agresser avant-hier soir ? Quelqu'un qui le haïrait au point de tenter de l'étrangler ?

— D'abord, je crois savoir que cette hypothèse n'a pas été formellement retenue. Ensuite, non, je ne vois pas. Vous pensez bien que, depuis le drame, je m'interroge. Aucun des invités de cette nuit-là n'est suspect à mes yeux. Absolument aucun. Et le crime en vase clos, je n'y crois pas. C'est une hypothèse de romancier, et pas autre chose.

— Mais alors ?

— Un élément venu de l'extérieur ? Si j'en crois les confidences de Sophie, sa secrétaire, Maxence connaissait son agresseur. Il lui parlait en tout cas comme s'il le connaissait. Je vous souhaite bien du bonheur pour votre enquête !

Cette fois, l'ironie n'était ni hautaine ni cinglante, plutôt complice.

— Et l'assassinat de Sabine Servier ?

— Une bien jolie fille, beaucoup de talent, un roman qui s'est vendu à plus de deux cent mille exemplaires. Que dire d'autre ? Je l'ai rencontrée pour la première fois vendredi soir ici. Nous avons juste échangé quelques mots. Je n'ai rien à dire d'autre sur elle.

— Je vous remercie.

L'avocat marcha vers la porte. Sur le seuil, plus cordial soudain, il se retourna :

— Dois-je vous envoyer ma femme dès qu'elle sera rentrée de promenade ?

— J'allais vous en prier. Pour ce qui est de votre retour à Paris, je vous demande de patienter encore quelques heures. Le temps, pour moi, de récapituler les renseignements que j'ai recueillis et d'en rendre compte au procureur de la République. Je crois savoir que Mme Gondrand-Larrivière envisage de faire célébrer les obsèques de son mari mardi matin, à la Madeleine.

Une chaleur d'orage pesait sur Paris. Dans le hall du vaste immeuble d'acier et de verre fumé qui abritait les bureaux des publications Gondrand-Larrivière, un catafalque avait été dressé. Recouvert d'un drap mortuaire lie de vin, surmonté d'un coussin où étaient épinglés la croix de la Légion d'Honneur, la médaille des Arts et Lettres, et deux autres médailles que Terrail ne sut identifier, le cercueil était cerné par des couronnes et des gerbes qui s'accumulaient maintenant de chaque côté de l'entrée et jusque sur la chaussée.

Un silence de cathédrale et en même temps, à l'étage au-dessus, le brouhaha habituel des salles de rédaction. Deux heures d'arrêt seulement, pendant la cérémonie des obsèques. Ainsi en avait décidé Mme Gondrand-Larrivière. Le patron était mort, mais les hebdomadaires et les mensuels sortiraient à l'heure. La machine ne pouvait s'arrêter sans courir le risque de s'enrayer.

Depuis une heure, la veuve était enfermée dans le bureau du premier étage, juste au-dessus du hall où, pendant tant d'années, Maxence avait tenu la barre. Il fallait parer au plus pressé. Avec satisfaction, elle enregistra que, quelle que fût le chagrin ou la peine de ses collaborateurs, chacun, à son poste, œuvrait du mieux qu'il le pouvait pour qu'il n'y eût pas de solution de continuité.

Les six rédacteurs en chef des six publications du groupe, attentifs mais discrets, curieux et cependant inquiets sur leur sort, commençaient à se rassurer. La patronne entendait ne pas leur mettre des bâtons dans les roues et, du moins dans l'immédiat, ne pas empiéter sur leur domaine. Simplement, tout en leur laissant l'initiative, elle leur avait demandé de renvoyer au prochain numéro les articles ou les reportages pas en rapport avec l'hommage que chaque publication se devait de rendre à son fondateur. Elle résuma ses consignes :

— Quelque chose de discret, mais de précis ; de sobre, mais de bien senti. Trois, quatre pages maximum. Je choisirai moi-même les photos. Une de l'enfance, une de l'adolescence, une du lancement du premier numéro de chacune de nos revues. Vous savez que mon mari se faisait toujours photographier à cette occasion. D'autres en compagnie de quelques célébrités du cinéma, du théâtre et de la littérature. Pas d'hommes politiques, ils se démodent trop vite.

— Et pour la couverture ?

— Autant que possible une photo de paysage, de paysage du Morvan où mon mari est né. Une pleine page couleurs et sa photo en médaillon, en haut, à droite. Que ça fasse chic, mais discret. Je refuserai tout tape à l'œil. J'aurai les maquettes quand ?

— En début d'après-midi.

— C'est bien, je vous remercie. Vous pouvez disposer.

Elle donnait des ordres, tenait avec plus de naturel et d'autorité qu'elle ne l'avait imaginé son rôle de patronne, tout en ne se dissimulant pas que ce rôle n'était peut-être que provisoire. Et si le conseil d'administration nommait quelqu'un d'autre pour diriger l'empire ? Et si, bien que cela ne lui parût pas légal, Maxence avait désigné son successeur par testament ?

Aussi bien dans leur appartement, où elle était arrivée très dépressive, que dans son bureau, dont elle avait pris possession tôt, alors que les employés des pompes funèbres commençaient à transformer le hall en chapelle ardente, elle avait fouillé tous les tiroirs, toutes les armoires, tous les classeurs dans l'espoir de mettre la main sur le testament de son mari. En vain. Homme prudent, Maxence avait selon toute vraisemblance déposé un testament chez son notaire. Ou bien, superstitieux comme il l'était parfois, s'était-il refusé à en rédiger un ? Il lui paraissait impensable, en tout cas, qu'il n'ait pris aucune décision. Elle décrocha le téléphone, composa le numéro de Me Bersetton. Elle l'eut immédiatement au bout du fil.

— Toujours rien côté testament ? Vous avez pris contact avec Me Droquez ?

— Je vous confirme que Maxence n'a déposé aucun document de ce genre en son étude.

— C'est insensé ! Maxence n'a pas pu...

— Chère amie, vous semblez oublier que Maxence avait un fils, donc un héritier en ligne directe. S'il a voulu que toutes ses parts lui reviennent, il n'avait pas de testament à faire !

— C'est insensé, je le répète ! Cedric a fait sa vie aux U.S.A. et il n'a aucune intention de se réinstaller en France. Et de cela, Maxence était convaincu. De plus, il savait mieux que personne combien la situation ici est complexe. Qu'il n'ait pas tout envisagé me laisse rêveuse...

— Que voulez-vous dire ?

— J'ai l'impression de vivre un cauchemar. Maxence, me laisser dans un tel embarras... Comment allons-nous...

— Il suffira que Cedric nous dise ce qu'il entend faire. Avez-vous pu le joindre ?

— Il n'assistera pas aux obsèques de son père et il ne prévoit pas de venir en France pour le moment. Son chargé d'affaires prendra contact avec nous le moment venu. S'il y a lieu, bien évidemment.

— Vous êtes décidée à acheter les actions qui selon toute logique pourraient lui échoir ?

— Avec l'aide de mon père, s'il le faut, oui. Ah, si nous pouvions mettre la main sur le testament de Maxence...

Après avoir raccroché, elle resta quelques instants crispée, essuya la sueur qui perlait au-dessus de sa lèvre. Ce qu'elle redoutait par-dessus tout, c'était d'avoir à procéder à chaud à ce que son mari envisageait avec terreur : vendre une de ses publications. *Télé-Images*, peut-être ? De plus, et elle l'avait appris le matin même sans être tout à fait surprise, le compte en banque personnel de son mari n'avait pas été approvisionné depuis longtemps. Sur le sien propre, il lui restait, certes, largement de quoi voir venir, mais là encore des restrictions allaient sans doute s'imposer. Devoir réduire son train de maison, renvoyer, qui sait ? des domestiques, n'était pas du goût de cette obstinée pour qui tout pas en arrière était considéré comme un échec.

Elle ferma les yeux. Dans le vaste bureau sombre, austère même, les bruits ne parvenaient pas. L'étrange silence qui pesait la plongeait dans une espèce de malaise qui faisait accélérer les battements de son cœur, séchait sa gorge. Comme si une menace était là, fatale, prête à s'abattre sur elle. Qu'allait-il se passer maintenant ? Elle ne voulait penser qu'à l'immédiat, à cette cérémonie funèbre qu'elle avait voulue aussi solennelle que possible. Forcer dans le spectaculaire pour donner le change, mais qui serait dupe ? Elle savait maintenant que cette parade pour frapper les imaginations et faire taire les sots ne servirait à rien.

Nerveuse, elle consulta sa montre. Encore une heure à attendre. Elle en avait fini avec les collaborateurs de son mari plus vite que prévu. Persuadée que la réunion de travail avec eux serait longue et convaincue qu'elle n'aurait pas le temps de revenir chez elle pour s'habiller, elle avait chargé sa femme de chambre de lui apporter la toilette, les chaussures, les accessoires qu'elle avait mis un temps fou à choisir et à assortir. Renonçant à prier son couturier habituel de l'habiller pour la circonstance, elle s'était dit que ce serait plus son visage, ses expressions, son comportement qui seraient épiés et commentés que sa toilette.

La légère robe gris clair de Louis Féraud qu'elle n'avait mise qu'une seule fois siérait à la cérémonie et à la chaleur lourde qu'elle devinait tapie derrière les fenêtres à double vitrage. Que faisait Alicia ? Elle ne l'avait pas habituée à être en retard. Il ne manquerait plus qu'elle le fût le seul jour où il était impératif qu'elle ne le fût pas !

Malgré elle, ses pensées la ramenaient à la situation inextricable où la mort de Maxence la laissait. Elle eut une illumination. Maintes fois, elle avait aperçu dans un des tiroirs de son bureau qu'avec affectation et une certaine coquetterie il fermait à clef, une chemise où il rangeait ses papiers personnels. Les clefs du bureau, elle les avait prises dans un des coffrets où son mari les rangeait habituellement et elle mit quelques minutes à trouver la bonne. Une double surprise l'attendait : dans le tiroir, il n'y avait que des talons de chèque et un dossier d'épais carton sanglé de toile. Avide, fébrile, elle l'ouvrit, le referma, découragée : il était vide. Pas le moindre papier personnel ! Cela n'était pas concevable ! Même si son mari ne l'ouvrait pas souvent devant elle, elle savait, pour y avoir parfois jeté un coup d'œil par-dessus son épaule, qu'il contenait des doubles de lettres et certaines notes rédigées de la main même de Maxence. Des notes facilement identifiables parce que toutes écrites à l'encre bleu-vert qu'un temps il avait affectionnée, puis qu'il avait abandonnée au profit d'une encre très noire, presque aussi noire que de l'encre de Chine. Où ces papiers avaient-ils bien pu passer ? Ils lui paraissaient d'autant plus précieux qu'elle ne pouvait en prendre connaissance sur-le-champ. Peut-être Maxence les avait-il placés dans un autre tiroir de son bureau ? Mais non, dans ce cas, c'est la chemise qu'il aurait changé de place et non son seul contenu. Quelqu'un les aurait-il fait disparaître ? Mais qui et surtout pourquoi ? Le bureau où elle avait pénétré quelques heures plus tôt était bien fermé à clef et la serrure, très sophistiquée, n'avait pas été forcée. Quelqu'un posséderait donc un double de toutes les clefs de son mari, alors qu'elle-même ne les avait pas ? Difficile à admettre. A moins que Maxence n'ait détruit tous ces papiers ? Mais dans quel but ?

Un coup frappé à la porte la dispensa de se tourmenter davantage. Alicia, habituellement volubile, tout en gestes, mais d'un seul coup réservée depuis la mort de M. Gondrand-Larrivière, l'aida à passer sa robe, à en ajuster les plis, lui tendit gants, sac et chapeau. Elle renonça au chapeau qui lui donnait l'apparence d'un mannequin démodé des années 30.

— Je vais simplement mettre un voile sur mes cheveux. Comme une voilette. Tu en as apporté plusieurs ?

Elle choisit une voilette du même gris que sa robe et qui descendait sur son visage jusqu'au menton. Elle donnait à son visage sans maquillage une apparence de masque antique. Elle attendit que le maître des cérémonies, solennel et compassé, vînt la chercher et elle faillit porter la main à sa bouche tant la lumière de ce matin torride, tant les couleurs et l'odeur fade et chaude des fleurs accumulées l'incommodaient, comme l'incommodaient le silence oppressant qui régnait dans le hall et les bruits de la rue. Elle lutta contre le malaise qui lui fauchait les jambes. Le regard lucide, elle enregistra d'un seul coup les deux groupes de personnes massées de chaque côté du catafalque, à gauche, les délégués du personnel : journalistes, typographes, secrétaires, intimidés mais surtout curieux, de l'autre les actionnaires du groupe, au premier rang duquel se tenait Me Bersetton solennel, guindé et un peu ridicule. Un employé des pompes funèbres refermait maintenant les cahiers de condoléances placés de chaque côté de l'entrée, contenant par centaines les signatures de ceux qui, depuis la veille, venaient rendre un hommage pas toujours désintéressé au défunt. Sarah avait donné des ordres pour que ces cahiers fussent déposés sur le bureau de son mari.

Elle admira l'habileté de prestidigitateur de l'homme qui repliait les sortes de lutrin sur lesquels les cahiers avaient été ouverts.

Sur un signe de l'ordonnateur, les gerbes et les couronnes furent déposées sur les grandes voitures qui allaient précéder le char funèbre et, du boulevard Malesherbes à la Madeleine, impressionner les badauds sans doute massés le long des barrières métalliques. Elle ne put s'empêcher de regarder à nouveau la mine sévère de Me Bersetton. Elle l'avait privé du discours qu'il voulait absolument faire et qu'avec beaucoup de désinvolture, selon lui, elle avait déclaré inopportun :

— Maxence n'aurait pas aimé ça, vous le savez bien. Et puis, les circonstances de sa mort, qui ne sont pas encore élucidées, ne s'y prêtent pas. Cher ami, je suis désolée...

Maxence n'était ni un saint ni un martyr mais c'est seulement dans la presse qu'il dirigeait — et dans des publications concurrentes, aussi, elle l'espérait — que les lecteurs trouveraient des éloges circonstanciés. Dans sa propre presse, elle superviserait tout. S'instituant la gardienne d'une image de marque, c'était seulement cette image qu'elle entendait faire entrer dans la légende. Pas une autre. Dans son irrépressible besoin de faire des effets, Dieu sait ce que l'avocat pourrait dire !

Les curieux étaient massés des deux côtés de la rue. Suivant le cercueil d'acajou au luxe un peu tapageur, elle s'en rendait compte maintenant, elle fut surprise qu'il y eût moins de monde qu'elle ne le prévoyait. Les vacances, peut-être ? A moins que la foule ne se pressât aux abords de la Madeleine ? Là encore, elle fut déçue. A part les collaborateurs de son mari, les amis qui se pressaient si nombreux chez eux du temps de leur splendeur étaient moins empressés pour le saluer une dernière fois. La peur d'être vus, de se compromettre ? La situation n'était point si désespérée...

L'explication de ces dérobades lui fut fournie par les gros titres en caractères rouges qui barraient la une de l'hebdomadaire à scandales *Le Flamboyant*, sorti le matin même et que, vigilante et désemparée, s'agitant comme une girouette que le vent affolerait, Sophie lui tendit à son retour du Père Lachaise :

LA MORT MYSTÉRIEUSE D'UN MAGNAT DE LA PRESSE
A la veille d'un crack retentissant
MAXENCE GONDRAND-LARRIVIÈRE
se serait-il suicidé ?

Une photo, peu nette d'ailleurs, prise lui semblait-il quelques années plus tôt, lors du cocktail de lancement de sa maison d'édition, illustrait l'article que fébrile, le cœur battant avec violence, Sarah lut avec avidité, le scandale résidant seulement dans le titre. Ecrit au conditionnel, d'une plume maladroite, et se voulant à sensation, le texte n'était pas autre chose qu'un ramassis d'insinuations malveillantes, d'informations très floues. Aucune révélation, rien en tout cas qu'elle ne sût déjà. Elle connaissait trop les recettes nauséabondes de certaines gazettes ne visant à rien d'autre qu'à vendre du papier à tout prix. La fin de l'article, cependant, la laissa perplexe, désemparée, anéantie.

Maxence Gondrand-Larrivière avait lancé il y a quelques années, avec un certain succès d'ailleurs, une maison d'édition au programme original. Plutôt que de débaucher à prix d'or des stars de la littérature, l'éditeur s'est offert le luxe d'en lancer de nouvelles, avec tout le risque que cela comporte. C'est ainsi que, grâce à lui, Sabine Servier, pour ne citer que la plus célèbre, est vite devenue le chouchou des médias. D'après des sources généralement bien informées, la jeune romancière aurait confié le manuscrit de son nouveau roman à un éditeur concurrent, d'où un conflit tout de suite aigu entre elle et son premier éditeur. Que s'est-il passé dans la luxueuse résidence secondaire où le magnat de la presse donnait vendredi dernier un concert suivi d'une réception de milliardaire ? Le corps de Sabine Servier, assassinée, a été découvert dans un cimetière de village, et celui de l'éditeur, portant au cou des traces suspectes, dans la chambre de sa résidence, l'un et l'autre étant morts de mort violente à peu près à la même heure. Si l'on en croit du moins de persistantes rumeurs, il y aurait un lien entre ce double décès et le départ de Sabine Servier des éditions Gondrand-Larrivière. Double meurtre, double suicide camouflé en crime de rôdeur, mise en scène pour égarer les enquêteurs ?

Le Flamboyant a mis ses meilleurs journalistes sur l'affaire qui, à n'en pas douter, devrait connaître de spectaculaires rebondissements dans les jours à venir.

Sarah jeta l'hebdomadaire sur son bureau, regarda Sophie d'un air égaré, puis se ressaisit très vite.

— Vous m'appelez Me Bersetton !

Dieu merci, l'avocat était rentré chez lui.

— Bernard, vous avez lu ce que *Le Flamboyant* écrit sur Maxence ? Il faut faire quelque chose immédiatement ! Intenter un procès en diffamation, exiger un droit de réponse, intervenir aussi dans les colonnes de nos publications... Je ne sais pas, moi...

— Calmez-vous. On ne peut pas faire grand-chose, hélas ! Les journalistes de ce torchon connaissent la chanson ; ils n'affirment rien, ils insinuent. Même pas, d'ailleurs, ils interrogent. Contre ce genre de littérature, nous sommes désarmés...

— Mais c'est insensé ! Qu'est-ce que c'est que cette histoire de Sabine Servier, qui serait passée avec armes et bagages chez un concurrent ? N'avons-nous pas un contrat en béton, signé par Sabine, et revu par vous, d'ailleurs ?

— Comme pour tous les romanciers que vous avez publiés, Sabine Servier a signé un contrat qui prévoit un droit de préférence pour trois romans, en plus de celui que vous avez publié. Sauf si un manuscrit a été refusé par vous. Dans ce cas, ce manuscrit refusé, elle est libre d'aller le porter ailleurs.

— Je suis bien placée pour savoir que le manuscrit de son second roman n'a pas été refusé par nous, pour la bonne raison qu'elle ne nous l'avait pas soumis en entier. Elle se préparait d'ailleurs à le faire, puisque sa publication était prévue pour octobre. Il faut absolument faire quelque chose ! Si encore nous savions chez qui elle a signé ! Si tant est que l'information soit vraie...

— Les journalistes du *Flamboyant* sont d'assez tristes personnages, mais tels que je les connais, ils n'auraient pas annoncé la nouvelle s'ils ne l'avaient pas d'abord vérifiée...

— Vous pouvez vous renseigner ?

— J'ai gagné trois procès contre *Le Flamboyant*. Je ne suis pas le mieux placé pour interroger les journalistes que j'y connais. J'ai peut-être un moyen d'en savoir un peu plus. Je m'informe et, dès que j'ai du nouveau, je vous appelle. De votre côté, demandez à Sophie de rechercher le contrat qui lie Sabine Servier à notre maison.

Sarah avait projeté de rentrer chez elle sitôt la cérémonie funèbre terminée. A la dernière minute, elle s'était ravisée et avait demandé à son chauffeur de passer d'abord boulevard Malesherbes. Elle s'en félicitait maintenant. Cependant, elle se rendait compte qu'avec sa toilette et surtout sa voilette, elle faisait un peu déguisée. Elle arracha la voilette de ses cheveux, ragea parce qu'elle s'était décoiffée. Dans le cabinet de toilette attenant au bureau, elle se passa longuement de l'eau sur le visage, se recoiffa, se regarda ensuite, sans complaisance, dans le miroir. Elle sourit, satisfaite. Vigilance quotidienne, soins attentifs du plus grand institut de beauté de la capitale où elle dépensait chaque semaine une petite fortune pour lutter contre le vieillissement, elle réussissait assez bien à se préserver de ses premières atteintes. A Sophie qui lui demandait si elle pouvait aller déjeuner, elle dit non, assez sèchement.

— J'ai besoin de vous. Demandez qu'on nous monte un plateau. C'est bien comme ça que procédait mon mari quand il était en retard pour boucler un numéro ? Nous déjeunerons ensemble sur le pouce. Un repas léger après les émotions, c'est ce qu'il y a de mieux pour se maintenir en forme. Après, vous me sortirez le dossier Sabine Servier.

— Bien madame.

La déférence ironique de la secrétaire l'agaça. Ça n'était pas parce qu'elle était depuis des années dans la place et de surcroît l'assistante du patron qu'elle avait tous les droits. « Si elle se montre trop insolente, je la vire ! »

En compagnie de Sophie, elle mangea du bout des dents des mets pourtant délicieux, but à elle seule une demi-bouteille de champagne parce qu'il n'y avait rien d'autre à boire dans le bar dissimulé dans un meuble d'angle, sauf du whisky dont elle avait horreur et qui, d'ailleurs, n'aurait su arroser son en-cas. Sophie alla lui chercher au distributeur automatique de l'étage un café qu'elle trouva immonde, mais dont elle demanda cependant une seconde tasse puis, parce que Sophie ne pouvait s'empêcher de marquer sa surprise, elle dit :

— Je vous parais incohérente ? On le serait à moins ! Rien ne me préparait aux coups que je viens de recevoir. Maintenant, montrez-moi le dossier Sabine Servier !

Une mince chemise à soufflets en carton fort, une étiquette tapée à la machine avec un nom et deux prénoms.

Le dossier contenait les relevés de vente semestriels de son livre, le double des lettres lui annonçant les options de traduction des *Raisins sauvages* pour le Japon, la Grande-Bretagne, l'Italie, les U.S.A. enfin. Une sous-chemise contenait quelques-uns des articles les plus élogieux concernant son livre, ce qui évitait à l'attachée de presse de faire un tri quand les éditeurs étrangers demandaient une revue de presse.

— C'est tout ?

— Comment ça, c'est tout ?

— Je ne vois pas le contrat.

— Pas le contrat ? Les contrats sont toujours conservés dans les dossiers des auteurs !

— Voyez vous-même, il n'est pas dans celui-là.

— Je ne comprends pas...

— Moi non plus. N'avions-nous pas établi un autre contrat pour le second roman de Sabine ? Il me semble que mon mari m'en avait parlé...

— M. Gondrand-Larrivière n'aimait pas signer de contrat avant d'avoir reçu le manuscrit, mais là, il avait effectivement fait une exception. Et il n'y a pas non plus trace de ce contrat dans le dossier...

— Regardez donc dans celui des affaires courantes. Peut-être ces contrats y sont-ils encore. Je suis surprise que vous ne soyez pas au courant. C'est bien vous qui, d'habitude, vous en chargez ?

— C'est moi, en effet. Ou parfois Xavier. Mais j'ai été absente pendant deux semaines. Un retard de congé à rattraper. Je ne sais pas ce qui a été fait pendant ces deux semaines...

— Qui est-ce qui vous a remplacée ?

— Gisèle. Gisèle Lemarquier. Mais elle est partie en congé à son tour quand je suis rentrée.

— Et elle revient quand ?

— Dans une semaine.

— Il ne doit pas être bien difficile de retrouver ce contrat ! Recherchez-le ! Et interrogez Xavier !

Découragée, Sarah sentit la fatigue l'envahir ; sans doute le contrecoup des événements qui ne cessaient de l'accabler depuis qu'elle avait contemplé le corps sans vie de son mari. La batailleuse, l'indomptable se demandait soudain si elle serait à la hauteur des tâches innombrables qui l'attendaient, si elle saurait faire face. Elle porta les mains à son front.

— Je rentre, dit-elle enfin. Je suis épuisée. Si vous retrouvez ce contrat, prévenez-moi aussitôt. De toute façon, je vous donne rendez-vous demain matin ici, à dix heures. Pour expédier les affaires courantes et urgentes. Je vais avoir une semaine chargée. Autant que je prenne d'avance un peu de repos.

Sophie s'activait devant le classeur dont, avec une

espèce de rage, elle compulsait les dossiers. La sonnerie du téléphone la fit sursauter ; elle décrocha.

— Allô ? Ne quittez pas...

Elle se tourna vers Mme Gondrand-Larrivière :

— C'est Me Bersetton.

Elle regarda Mme Gondrand-Larrivière qui écoutait, passionnée, ce que lui disait l'avocat.

— C'est d'accord, chez moi, à 18 heures.

Sophie attendait quelques mots d'explication, qui ne vinrent pas.

— Eh bien Sophie, à demain.

La secrétaire remarqua que la patronne était un peu plus pâle que pendant la cérémonie funèbre.

A son retour de Paris où il avait assisté en civil aux obsèques un peu trop spectaculaires pour son goût de Maxence Gondrand-Larrivière, l'adjudant Terrail trouva sur son bureau le rapport du maréchal des logis chef Guillaume. Un texte clair, argumenté et une succession de photos plus parlantes les unes que les autres : Sabine Servier allongée sur la pierre tombale, un gros plan de sa nuque et le même corps photographié sur tous les angles. Terrail en tourna les pages en prenant son temps, enregistrant les commentaires de son subordonné. Il se félicita une fois de plus d'avoir bien réparti les tâches. A Guillaume et au gendarme Constand l'enquête sur place, les détails, même les plus infimes, à vérifier un à un, les relevés sur le terrain ; à lui l'approche des familiers des Gondrand-Larrivière. Maintenant, il cernait mieux la personnalité de chacun de ces personnages singuliers qu'il avait interrogés, sondés depuis trois jours. Il lui restait à faire une première synthèse de tous les éléments rassemblés. Ce ne serait pas facile, il en avait chaque jour un peu plus conscience. D'autant qu'il avait à faire face à des personnages souvent retors, aux facettes multiples, et aussi à un milieu qui lui était totalement étranger. Néanmoins, il ne se décourageait pas. Pour classiques, voire routinières qu'elles fussent, ses méthodes et celles de ses hommes finiraient bien par donner des résultats. Il l'avait maintes fois vérifié dans le passé. Lui ne jetait pas de la poudre aux yeux, ne se laissait pas aller à des confidences soigneusement préparées et destinées à maintenir en haleine une presse avide. Il faisait son travail, rien que son travail, du mieux qu'il le pouvait. Avec méthode, calme et sérénité. La presse, du moins une certaine presse, s'impatientait. Et alors ?

Guillaume était resté debout à ses côtés ; il attendait les commentaires de l'adjudant avec un peu d'anxiété. Avait-il été assez précis ? C'était sa première vraie enquête, son premier crime de sang. Pour si intéressantes qu'elles fussent, toutes les enquêtes qu'il avait faites jusque-là n'avaient pas l'importance de celle-ci.

Terrail le regarda. Le maréchal des logis chef Guillaume était un immense gaillard, muscles solides et tête froide, taciturne, peu bavard, ponctuel et efficace, allant toujours à l'essentiel, ce qui n'était pas pour déplaire à l'adjudant pragmatique qu'était Terrail.

— Je vous écoute. Rien à ajouter ?

— Non. Sauf ceci : j'ai de plus en plus l'impression que la jeune femme n'a pas été assassinée dans le cimetière du Bignon-Mirabeau et que son corps a été déposé là, comme il aurait pu l'être ailleurs, pour une raison encore inconnue. Pourquoi dans ce cimetière et pourquoi sur cette tombe ? Le hasard ?

— Il n'y a pas de lien entre Sabine Servier et le nom inscrit sur la pierre ?

— Aucun, du moins d'après les premiers renseignements que j'ai pu recueillir. En fait, c'est dans cette partie du cimetière que se trouvent les plus anciennes tombes, celles en tout cas où l'on n'enterre plus. Soit que les familles aient fait construire des tombeaux ailleurs, soit que les gens n'aient pas laissé de survivants. J'ai eu un mal fou à lire l'identité du défunt qui a été enterré là il y a plus de cent ans. Un bourrelier célibataire et qui, bien évidemment, n'a pas de descendance. Le ou les assassins de Sabine Servier s'est ou se sont arrangés pour déposer son corps dans le coin le plus reculé du cimetière. Là où on ne risquait pas de le trouver vite.

— On aurait pu tout aussi bien le dissimuler sous des branchages dans le petit bois, derrière. Et les chances de ne pas le retrouver tout de suite auraient été multipliées par dix.

— C'est ce que je me suis d'abord dit. J'ai alors pensé que le placer les bras en croix, à plat ventre sur la pierre, avait peut-être une signification. Laquelle ? Ça... En tout cas, il n'y avait pas la moindre trace de sang sur la pierre, alors que le sang avait coulé des narines et qu'il avait en partie été essuyé. De plus, dans le chemin, il y avait des traces assez visibles, de l'entrée du cimetière jusqu'à la tombe. Comme si l'on avait traîné le corps. D'ailleurs, la pointe de l'une des chaussures est maculée de poussière et presque usée.

— La victime a assisté au concert, à la réception qui a suivi et, d'après les témoignages que j'ai recueillis, elle est montée se coucher en même temps que les autres invités. En bonne logique, elle a attendu un moment dans sa chambre, puis elle est redescendue. Toujours en bonne logique, elle avait rendez-vous avec quelqu'un et ce quelqu'un, pour des raisons que nous ne connaissons pas encore, l'a tuée. Où, ça reste à déterminer. Je ne sais pas pourquoi je la vois courant sur la route, poursuivie par son agresseur, assommée ensuite et abandonnée mourante sur une tombe du cimetière. Je vous accorde que ce sont là pures suppositions, qui ne concordent pas forcément avec votre rapport.

— Entre les Vigneaux et le cimetière, j'ai fait fouiller les abords de la route. Nos hommes n'ont malheureusement rien trouvé. N'oubliez pas que, sur un côté, la route est presque toujours bordée par des bois. De plus, maison par maison, j'ai interrogé moi-même tous les habitants. Il était plus de deux heures du matin, les gens dormaient, les paysans parce qu'au temps des moissons, les journées sont exténuantes et les estivants en vacances, du genre « Ça me suffit », se couchent tôt.

— C'est vrai, c'est le temps des moissons. Mais je ne suis pas d'accord avec vous, les paysans travaillent souvent très tard la nuit.

— Je les ai interrogés aussi. Ils m'ont répondu qu'ils avaient autre chose à faire qu'à surveiller la route.

— Sans doute. Mais les phares de leurs moissonneuses-batteuses sont puissants et...

— Et ils tournent autour de leurs champs dans un bruit d'enfer et souvent un nuage de poussière. Ce ne sont pas les conditions idéales pour observer ce qui se passe sur la route...

L'adjudant feuilletait à nouveau le rapport de Guillaume.

— Qu'est-ce que c'est que cette histoire d'épines de rosier ?

— Nous avons trouvé dans la chaussure de la morte, celle qu'elle avait encore à son pied, un fragment de tige de rosier d'à peu près deux centimètres, avec quelques épines. Ce qui n'a pas en soi une signification particulière, mais ce qui confirme que la victime a bien été transportée au cimetière après avoir été assommée. Elle n'aurait pas pu marcher avec des épines dans sa chaussure.

— Et vous vous êtes rendu immédiatement aux Vigneaux pour vérifier si l'on a taillé récemment des rosiers ?

— Oui. Derrière la maison, il y en a toute une rangée, très florifères, d'ailleurs, et qui n'ont pas été taillés depuis le printemps. Le jardinier m'a dit que les tailles se pratiquent soit en automne, après la floraison, soit au début du printemps, jamais en été.

— Il y a des massifs de rosiers ailleurs dans la propriété ?

— Oui. Un très grand, de l'autre côté de l'endroit où ont eu lieu le concert et la réception. Assez loin de la piscine, dans un coin où personne n'était censé se rendre ce soir-là. En tout cas, le lieu n'était pas éclairé par les projecteurs. De plus, la maison a été abondamment fleurie pour le concert, mais pas avec des roses. Mme Gondrand-Larrivière dit que les roses sont des fleurs orgueilleuses et bêtes.

Malgré lui, l'adjudant sourit. Décidément, ces gens qui lui paraissaient venus d'une autre planète étaient imprévisibles. Il continua à feuilleter le dossier, réexaminant une à une les photos. Enfin, il dit :

— Si bien que rien ne nous prouve que Sabine Servier a été assassinée aux Vigneaux. Et pourtant, j'ai l'impression que ces épines de roses constituent un élément important de l'enquête. Que l'on trouve de quel jardin elles proviennent et nous aurons peut-être un des fils qui pourraient nous conduire à l'assassin. Vous avez visité la maison ?

— La chambre qu'occupait Sabine Servier, oui. Une chambre banale, mélange de rustique et de moderne assez tape-à-l'œil. Rien dans ses affaires, qui attire particulièrement l'attention. J'ai trouvé deux trousseaux de clefs dans son sac.

— Le procureur a décidé d'ouvrir une information pour chacun de ces meurtres. Dès que les commissions rogatoires du juge d'instruction nous seront parvenues, nous irons à Paris. Vous avez interrogé les domestiques des Vigneaux ?

— Des animaux bien dressés. Rien vu, rien entendu, au courant de rien, comme il se doit. La loi du silence, ça me ferait rire, si ça ne m'agaçait prodigieusement. A les en croire, il ne se passait rien que de très banal aux Vigneaux. A part le jardinier et sa femme qui y logent à demeure, le personnel venait de Paris. Mme Gondrand-Larrivière a une femme de chambre personnelle, son mari un chauffeur du genre homme à tout faire. Une cuisinière, aussi. Pour la réception après le concert, c'est un traiteur de Paris qui a fourni le personnel en même temps que le caviar, les zakouskis, le saumon fumé et la vodka.

L'adjudant se leva.

— Nous allons quand même faire un tour aux Vigneaux.

Guillaume prit sa veste et son képi et, une demi-heure plus tard, les deux hommes sonnaient au portail de la propriété. Le jardinier, qui surveillait l'arrosage des pelouses, vint leur ouvrir.

— Il n'y a personne, dit-il. Sauf ma femme et moi. Tout le monde a regagné Paris.

Fut-ce une impression ? Il sembla à Terrail que le jardinier avait mis une espèce de hargne dédaigneuse dans ce « Tout le monde » méprisant.

— Ce n'est pas eux que nous venions voir, mais vous. J'aimerais que vous me fassiez visiter la propriété, que vous me montriez où le concert a eu lieu, la réception aussi.

— Venez.

L'immense bâtiment en L faisait face à une vaste grange qui disparaissait presque sous les ampélopsis. L'homme de l'art qui avait aménagé le tout avait respecté l'architecture rustique. A part les volets neufs peints en blanc, à part la toiture de petites tuiles de brique en partie neuves, à part le côté trop fini de l'ensemble, rien ne distinguait vraiment le bâtiment des fermes disséminées dans la campagne, entre des bouquets d'arbres, réserves de gibier pour les chasseurs, des étangs envahis par les lentilles d'eau où des nénuphars essayaient de trouver leur place, des champs de blé et de tournesols. Quand il était venu s'installer à Ferrières, l'adjudant avait été frappé par la beauté insolente de ces immenses champs de tournesols aux lourdes corolles toutes tournées dans la même direction, comme à la parade. Le luxe raffiné était à l'intérieur de la maison.

Les tourniquets d'arrosage répandaient de très fins filets d'eau où le soleil dansait, irisant de multiples arcs-en-ciel.

— C'est ici, dit le jardinier. On a enlevé hier les chaises et l'estrade que M. Gondrand-Larrivière avait loués pour le concert.

Très grande, la grange était vide ; une odeur de paille et de terre battue y flottait.

— Remettre la grange en état n'a pas été une petite affaire. Mais ça n'était rien à côté des pelouses. Nous n'avons pas été trop de quatre pour les débarrasser des assiettes en carton, des couverts en plastique et des serviettes en papier. Et je ne parle pas de toute la nourriture que nous avons trouvée éparpillée un peu partout. Le respect du pain se perd ! reprit-il, sentencieux, avant d'ajouter : C'était ce que madame redoutait le plus et elle n'avait pas tort. Moi, ce que j'en dis, c'est pour causer. Que je fasse ça ou autre chose...

— Faites-nous visiter les jardins.

— Venez, ils sont derrière la grange.

La piscine était d'un côté, immense cuve de faïence verte ; de l'autre, dans des massifs rustiques savamment désordonnés, des dahlias charnus de couleurs vives, des marguerites géantes, des cannas, des glaïeuls et toutes sortes de fleurs que les deux hommes étaient incapables d'identifier formaient des taches de couleurs. Le jardinier s'attendait à des compliments, qui ne vinrent pas. Il se fit répéter la question quand l'adjudant demanda :

— Où se trouvent les rosiers ?

— Le long des bâtiments, du côté de la route.

— Mme Gondrand-Larrivière n'aime plus les roses...

— Ah, vous savez ça... Il y en avait un massif superbe, là, tout près du bois. Madame les a fait arracher...

— Récemment ?

— La semaine dernière. A la place, elle voulait que je plante des pivoines arborescentes pour la saison prochaine.

— Vous nous montrez ?

— Pour ce qu'il y a à voir...

Bordée de pierres fichées dans le sol, la terre du massif était effectivement retournée.

— Les plantations devraient déjà être faites, mais j'ai eu tellement de travail tous ces temps-ci...

— Où se trouvent les rosiers que vous avez arrachés ?

La question surprit le jardinier, mais il n'en laissa rien paraître. Simplement, il fit un geste de la main :

— Un peu plus loin. Quand je n'ai pas le temps de brûler tout de suite les plantes arrachées, je les dépose dans un trou du sous-bois. En ce qui concerne les rosiers, je ne les ai pas brûlés parce qu'il est interdit de faire du feu en juillet-août, à cause des incendies possibles...

— Conduisez-nous.

— Vous voulez voir les rosiers arrachés ?

Une grande allée sous les chênes et les ormes conduisait à une clairière. Dans cette clairière se trouvait une sorte de petit kiosque rustique, aux montants de bois envahis par les liserons. Dans ce kiosque, un banc et deux chaises paraissaient attendre des amoureux romantiques. Le trou où l'on déposait l'herbe tondue des pelouses, le bois mort et les plants de rosiers arrachés était à quelques pas de là, dans une partie du bois qui n'était pas entretenue. Le lierre vorace montait à l'assaut des arbres malades et, se nourrissant de leur sève, ne tardait pas à les envahir, à les étouffer et à mourir ensuite avec eux. Tout comme le gui, dans un champ voisin, qui torturait les pommiers avant de les dévorer.

Guillaume jeta un coup d'œil significatif à l'adjudant puis demanda :

— Vous avez taillé les rosiers avant de les arracher ?

— Pour sûr ! Je ne pouvais pas faire autrement, sinon je me serais écorché à me saigner !

Pêle-mêle, formant une crête hérissée au-dessus de l'herbe fanée de la pelouse, les souches de rosiers étaient mêlées aux branches encore feuillues où des roses et des boutons achevaient de se faner. Guillaume se pencha, prit une branche, la passa à l'adjudant.

— Je pense comme vous, dit Terrail. Il faudrait...

Il se tourna vers le jardinier.

— Vous êtes revenu travailler dans ce coin du bois depuis le concert de vendredi soir ?

— Pour y faire quoi ? J'ai eu assez de travail avec la grange et les pelouses à remettre en état ! Après la mort de Monsieur, je pense même que personne n'est venu ici, non. Comme si quelqu'un avait eu le goût de faire une promenade dans le bois après ce qui s'est passé...

— Merci. Vous pouvez retourner à vos pelouses...

— Mais...

L'homme hésita, regarda les deux gendarmes puis, en marmonnant des mots qu'ils ne purent comprendre, il revint vers les aspersoirs qu'il changea de place après avoir coupé l'eau.

Guillaume marcha vers le petit kiosque un peu ana-chronique, un peu désuet, faisant très plaqué dans un paysage qu'il déguisait.

— Je ne voyais pas les Gondrand-Larrivière rivaliser avec Peynet, dit-il. En fait d'amoureux...

Des feuilles mortes, des herbes sèches, une fine couche de poussière tapissaient les sièges et le sol du kiosque.

— Je n'ai pas l'impression que quelqu'un se soit recemment assis là...

— Ce kiosque est ouvert à tous les vents. L'aspect de son sol peut se modifier d'une heure à l'autre. On peut tout autant imaginer que Sabine Servier a quitté sa chambre, est venue ici où la personne qui allait l'assassi-ner lui avait donné rendez-vous. Elle est agressée ici, et puis elle est transportée au cimetière du Bignon-Mira-beau où elle est jetée sur une tombe abandonnée.

— Cela supposerait que l'assassin disposait d'une voiture et que...

— La route est à peine à cent mètres d'ici. Et ce soir-là, où tant de voitures circulaient, rien n'était plus facile que d'en faire stationner une le long de la route, sans attirer le moins du monde l'attention.

— Mais la propriété est fermée par des grilles ou par d'épaisses haies de charmilles.

— Pas après le bois. Venez voir.

Effectivement, les clôtures s'arrêtaient là où le bois était resté à l'état sauvage.

Pensif, Guillaume revint vers le tas de rosiers, inspecta le sol. Relever des traces dans l'amas de feuilles mortes, de ronces, de branches cassées, il n'y fallait pas songer. Néanmoins, à deux ou trois endroits qu'il désigna de la main, il observait comme de longues traînées. Un cadavre ? Qui pourrait l'affirmer ? Le pragmatique qu'il était ne s'y serait pas risqué.

— Je ne suis pas convaincu que cela nous avancera à grand-chose, mais je vais prélever quelques fragments de branches de rosiers pour que nos laboratoires puissent comparer avec le morceau trouvé dans la chaussure de Sabine Servier. S'il est de la même essence, ça prouvera au moins que la romancière a été assassinée aux Vigneaux et probablement par quelqu'un qui y a dormi la nuit tragique...

— Ou par quelqu'un qui a assisté au concert et avec qui elle avait rendez-vous. Cela ferait au minimum deux cents suspects ! Nous ne sommes pas encore sortis de l'auberge !

— Qu'est-ce que nous savons de Sabine Servier ? Rien ou à peu près rien. Rien d'autre en tout cas que ce que nous en ont dit les invités des Gondrand-Larrivière et les gens qui ont été en contact avec elle chez l'éditeur.

— Elle vivait seule ou apparemment seule. J'attends la commission rogatoire du juge d'instruction pour me rendre à Paris, dans l'appartement qu'elle occupait rue Guisarde...

— Si nous ne sommes pas dessaisis au profit du S.R.P.J...

— Si cela avait dû se produire, ce serait déjà fait. N'oubliez pas que le procureur nous a à la bonne depuis l'affaire des dealers d'Orléans...

Guillaume jeta un dernier coup d'œil au kiosque ; il eut un petit rire.

— Dans un roman policier, nous aurions déjà trouvé, caché sous un fauteuil un bijou ou un bouton appartenant à la victime. Ici, à part la poussière et les feuilles mortes, il n'y a rien.

— C'est que nos enquêtes ne ressemblent jamais à celles qu'on peut lire dans un roman. La clef d'un bon

113

roman policier, c'est l'action. Il faut que tout aille très vite et que les rebondissements se multiplient pour que le lecteur ait envie de tourner les pages. Dans la réalité, rien de pareil. La longue patience, voilà ce qui caractérise la plupart du temps nos enquêtes, et la longue patience n'est jamais spectaculaire. Ici, nous avons deux victimes, car je ne crois guère à la mort naturelle de l'éditeur, pas de mobile et pas davantage de suspect. De plus, d'habitude, nous avons affaire à des gens du coin, pas compliqués, aux mobiles simples. Que nous connaissons pour la plupart et qui nous connaissent. Il n'en va pas de même avec ces Parisiens qui jouent à cache-cache avec nous et qui ne nous cachent pas en quelle piètre estime ils nous tiennent. Et nous, de notre côté, la personnalité de ces gens nous déconcerte souvent. Et pourtant, je sens que tout est plus simple que nous ne l'imaginons, vous et moi. Il suffirait de saisir le bon fil et de tirer pour que l'écheveau se dévide en entier. Seulement, voilà, où est-il, ce bon fil...

Le jardinier venait vers eux en courant :

— Madame vous cherche partout ! Elle a appelé deux fois à la gendarmerie de Ferrières et on a fini par lui dire que vous étiez ici. Elle est au bout du fil.

— J'y vais, dit Terrail.

— Allô, adjudant ? Je viens de découvrir quelque chose de singulier. En feuilletant les cahiers de condoléances remplis de signatures, je m'aperçois qu'une feuille au moins a été arrachée ! Vous vous rendez compte ! Une page arrachée dans un cahier de condoléances !

— Je vais m'efforcer d'être à Paris le plus vite possible.

— Mme Gondrand-Larrivière vous attend. Si vous voulez bien me suivre...

L'huissier en tenue stricte, costume gris souris, cravate sombre, œil et visage presque aussi ternes que le costume, mécanique falote, usée, précéda Terrail et Guillaume dans le hall dallé de marbre, monta le large escalier moquetté de rouge, s'effaça pour les laisser pénétrer dans un grand bureau dont la sobriété contrastait avec le luxe un peu tapageur de l'entrée. Le nez chaussé d'énormes lunettes à montures épaisses, Sarah Gondrand-Larrivière ne tenta pas de leur donner le change en jouant à la directrice de publications accablée par sa tâche.

— Je vous attendais, dit-elle simplement, et il sembla à l'adjudant que sa voix était moins sûre que lorsqu'elle lui avait fait face — et avec quelle hargne sinon quelle morgue ! — aux Vigneaux. Voilà le cahier.

Elle avait sur son bureau deux cahiers grand format recouverts de cuir noir ; elle en tendit un à l'adjudant.

— Comme vous le voyez, les pages ne sont pas numérotées, si bien qu'on ne sait pas combien ont été arrachées.

En ouvrant tout grand le registre, les deux hommes purent constater que des fragments de papier subsistaient le long de la reliure.

115

— Une page arrachée, peut-être deux, vous vous rendez compte ! Par qui et pourquoi ? Je voudrais bien savoir quelles signatures se trouvaient sur cette page !

— Vous vous en êtes aperçu quand ?

— Tard hier soir. J'ai eu tellement de travail pendant la journée ! Pour me mettre au courant des tâches immédiates et aussi pour répondre aux coups de fil que pourtant les secrétaires filtraient. Mais quand on a des ministres ou des académiciens au bout du fil, comment ne pas répondre ? Comme à midi, je me suis fait monter un en-cas du restaurant voisin et puis, j'ai eu la curiosité de voir qui, en pleine période de vacances, s'était déplacé pour venir signer le cahier de condoléances... Et c'est là que j'ai vu... Vous ne pouvez pas savoir quel choc ça m'a fait. Je me suis même demandé si ce n'étaient pas les pompes funèbres qui avaient par mégarde placé sur le lutrin un registre défectueux. Le directeur m'a assuré que c'était impossible. Les cahiers sont fabriqués par une firme artisanale, qui les vérifie un à un avant de les livrer.

Vindicative, elle ajouta en aparté :

— Pour le prix qu'ils les font payer, ils peuvent !

— Ces cahiers ont été placés dans votre hall à quel moment ?

— Dès que le cercueil a été installé sur le catafalque. Et ils y sont restés jusqu'à l'heure des obsèques.

— Le hall n'a quand même pas été ouvert toute la nuit ?

— Non. Les portes ont été fermées à 22 heures et ouvertes le lendemain matin à 9 heures.

— Et pendant ces heures de fermeture, si je puis employer cette expression, les cahiers sont restés sur leur support ?

— C'est la question que j'ai posée aux collaborateurs de mon mari, qui se sont relayés toute la nuit pour veiller le cercueil. Ne prenez pas cet air surpris. Ce sont eux qui ont pris leur décision en toute liberté et les arguments que je leur ai opposés n'ont pas compté ; ils ont tous refusé d'aller se coucher. Je devine à quoi vous pensez, l'un d'eux aurait pu... Ils étaient au minimum quatre et, à moins de penser que tous les quatre étaient complices... Dès 9 heures les gens ont commencé à défiler et je vois mal un audacieux arracher une page au cahier. Dix, vingt personnes n'auraient pas pu ne pas s'en apercevoir...

— Ce qui laisserait supposer que la page a été arrachée après les obsèques. Où étaient les deux cahiers à ce moment-là ?

— Sur ce bureau, où je les ai retrouvés.

— La pièce était fermée pendant les obsèques ?

— Bien sûr que non ! Elle ne l'était jamais, d'ailleurs. Mon mari avait horreur des portes fermées à clef.

— Si bien que n'importe qui de la maison a pu avoir accès à ses cahiers ?

— Sauf que si la porte du bureau de mon mari n'était jamais fermée à clef, personne, de son vivant en tout cas, n'aurait pris le risque d'y entrer sans y avoir été convié. Les forteresses les mieux gardées, vous le savez bien, ne sont pas forcément celles que protègent des barricades ou des barbelés...

— Vous êtes donc restée dans cette pièce pendant de longues heures...

— C'est exact. Ce... comment dire ?... cet acte de vandalisme a été commis vraisemblablement pendant les obsèques ou pendant les rares moments où j'étais aux toilettes. Dans ce cas, il aura fallu à la personne qui a fait le coup des réflexes de professionnel pour repérer la bonne page ! Mais pendant les obsèques, il n'y avait pratiquement personne ici. Toute la maison était à la Madeleine.

— Et au cimetière ?

— C'est vrai, ne sont venus au Père Lachaise que les intimes et les proches collaborateurs de mon mari...

— Quand vous êtes revenue ici, avez-vous eu l'impression que les cahiers avaient été déplacés ?

— Comment savoir ? Je n'ai jamais passé autant de

117

temps dans ce bureau que depuis que mon mari est mort. Et je n'ai rien remarqué. Tout était dans le même ordre impeccable.

Guillaume écoutait et ne disait rien. Même s'il la trouvait mal à l'aise, Mme Gondrand-Larrivière lui paraissait sincère. Il demanda :

— Vous n'avez aucune idée de la personne qui a pu faire ça ?

— Et comment pourrais-je en avoir une ? Il faudrait que je connaisse d'abord les motifs de cet acte qui passe l'entendement. Depuis la mort de mon mari, j'ai l'impression de vivre une histoire irrationnelle, presque surréaliste. J'ai quand même enregistré ce matin une satisfaction bien dérisoire : le chiffre du tirage de nos deux publications à la traîne a augmenté sensiblement en juin, qui n'est pourtant pas un bon mois pour la vente des hebdomadaires et des mensuels. C'est Maxence qui aurait été content. Seulement Maxence...

Son émotion n'était pas feinte. Pour la première fois, la femme forte était au bord des larmes. Le silence pesa pendant quelques secondes, puis elle reprit, d'une voix à nouveau naturelle :

— J'avais l'intention de vous demander d'emporter ces cahiers et de faire relever les empreintes digitales. Mais j'étais sotte. On aurait découvert les miennes, celles de Sophie, beaucoup d'autres aussi sans doute et cela aurait été complètement inutile. Tout dans cette histoire est décalé, invraisemblable : on découvre mon mari mort dans sa chambre, victime d'un accident cardiaque, avec des traces suspectes sur le cou, mais il n'a pas été étranglé, on découvre aussi le corps de Sabine Servier, la nuque fracassée, dans le cimetière du Bignon-Mirabeau et on se demande pourquoi on l'a entraînée là, enfin on arrache une page au moins au cahier de condoléances dans lequel un grand nombre de personnalités ont apposé leur signature. Je me demande si je ne vais pas devenir folle...

— Je ne vous ai pas encore posé la question : ces

temps derniers, votre mari avait-il été menacé ? Se sentait-il menacé ?

— Pas à ma connaissance. Mais je ne vois pas qui...

— Vous ne lui connaissiez pas d'ennemi ?

— Quand on a dirigé pendant tant d'années un empire de presse aussi important que le sien, on se fait fatalement des ennemis. Sur le plan professionnel, ses concurrents ne lui ont jamais fait de cadeau, lui ne leur en a pas fait non plus. Mais ça, ça fait partie d'un jeu. Et puis, qui aurait l'esprit assez tordu pour tenter de l'abattre en assassinant celui de ses auteurs sur lequel il fondait le plus d'espoir ?

— N'oubliez pas qu'on a tenté de le tuer, lui aussi. Et qu'il est probablement mort dans les bras de son agresseur.

— Quelle horreur !

Elle ferma les yeux, la sueur perla au-dessus de ses lèvres et elle resta pendant quelques secondes immobile. Enfin, elle dit sans rouvrir les yeux, ce qui impressionna fort Guillaume :

— J'ai beaucoup réfléchi. Ces morts successives ne me paraissent pas provoquées par l'argent, c'est-à-dire que je ne vois rien de professionnel derrière, ni par la passion, parce que mon mari avait autre chose à faire, et de beaucoup plus passionnant à ses yeux, que de s'embarrasser de problèmes sentimentaux. Je vous l'ai dit, il n'avait pas le temps ni l'envie de se compliquer la vie. Et pourtant, croyez-moi, ce n'était pas faute d'être sans cesse sollicité. Si vous saviez le nombre de starlettes et même de stars, qui étaient prêtes à beaucoup de... disons de sacrifices pour avoir leur photo en couverture de ses publications, et aussi des interviews à l'intérieur ! Lui, ça l'amusait et il m'en faisait part. Je ne suis pas certaine qu'il n'y mettait pas alors quelque malice. Mais j'ai encore quelque chose à vous dire...

Elle révéla alors aux deux gendarmes le contenu de l'article paru dans *Le Flamboyant* et les recherches, pour l'instant vaines, entreprises par Me Bersetton et concernant le nouveau manuscrit de Sabine Servier.

— Là encore, je ne comprends pas.

— Pensez-vous que cette nouvelle, vraie ou fausse, soit en rapport avec la mort de la romancière et celle de votre mari ?

— A l'évidence, Maxence ne savait rien. Sans quoi il m'en aurait parlé. Nous sommes en plein brouillard.

— Je voudrais entendre la secrétaire de votre mari.

— Son bureau est au fond du couloir...

Sophie Barnier occupait une pièce étroite, aux murs couverts d'affiches éditées au fil des ans pour vanter les mérites des publications de la maison, certaines signées de grands noms. Derrière elle, jusqu'au plafond, des rayonnages étaient garnis de livres publiés par les éditions Gondrand-Larrivière.

— Je vous attendais, dit-elle simplement.

— Vous nous attendiez ?

— La patronne m'avait annoncé votre venue. Et comme c'est moi la première qui ai découvert qu'une page a été arrachée au cahier de condoléances...

— La première ?

— Oui. Mme Gondrand-Larrivière m'avait demandé de lui passer les deux cahiers, ce que j'ai fait. Pendant qu'elle consultait le premier, j'ai feuilleté le second. Et c'est comme ça que j'ai découvert qu'on avait arraché une ou plusieurs pages.

— Qu'en avez-vous pensé ?

— Je me demande si je dois vous le dire...

— Vous avez une idée sur la personne qui a fait ça ?

— Absolument pas. J'ai tout simplement pensé que c'était peut-être l'œuvre d'un amateur d'autographes. Quand je l'ai dit à Mme Gondrand-Larrivière, elle m'a traitée de folle.

— Un amateur d'autographes ?

— Ce n'étaient pas des propos en l'air. De nombreuses personnalités de la politique, du spectacle et de la littérature, des médias aussi, sont venues signer le cahier de condoléances. Une page a pu contenir des signatures précieuses pour des amateurs. Vous n'ignorez sans doute pas ce que les fous d'autographes sont capables de faire. Pour ma part, j'ai vu un certain nombre de vedettes dans le hall.

L'adjudant ne fit pas de commentaires. Simplement, il posa à Sophie les mêmes questions qu'à sa patronne. Leurs réponses concordaient. A la différence près que Sophie n'excluait pas, même si elle tenait dur comme fer à sa thèse, la possibilité pour quelqu'un de la maison de s'être introduit dans le bureau de l'éditeur.

— Il ne faut pas exagérer ! Son bureau n'était quand même pas un sanctuaire !

— C'est vous qui avez placé les deux cahiers sur le bureau ?

— Oui.

— Qui vous les avait remis ?

— L'employé des pompes funèbres qui en était chargé.

— Etes-vous certaine qu'entre-temps personne n'a pu les feuilleter ?

— Les cahiers sont restés sur les lutrins et puis l'employé me les a remis et je les ai apportés aussitôt à Mme Gondrand-Larrivière. D'ailleurs, qui peut dire qu'à ce moment-là la page n'était pas déjà arrachée ? Plus je réfléchis, plus je pense que c'est ma thèse qui est la bonne. C'est aussi la plus plausible. Depuis trois jours, Mme Gondrand-Larrivière voit des complots partout. Remarquez, je la comprends.

— Ce sont des livres de la maison que vous avez derrière vous ?

— Oui. Vous ne les connaissez pas ?

— Non.

— Voulez-vous... Voulez-vous en lire quelques-uns ?

— Oui. Le roman de Sabine Servier, en tout cas.

— C'est un des meilleurs, mais pas le meilleur. Le meilleur, c'est celui de Bernard Duplan, qui est passé complètement inaperçu.

121

— Eh bien, donnez-moi les deux. Si cela ne doit pas poser de problème, bien entendu.

Elle lui tendit les volumes, présentés tous les deux sous des couvertures au graphisme semblable, le titre et le nom de l'auteur se détachant en blanc sur une couverture bleu vif. Sobres de lignes, les caractères étaient superbes. Elle remit les mêmes exemplaires à Guillaume. Elle parut s'humaniser, cesser de ressembler à un robot, quand elle dit :

— Une espèce de psychose de peur est en train de naître dans la maison. Une porte qui claque et voilà que les secrétaires poussent des cris ! Plus l'affaire paraît se compliquer, plus les gens s'interrogent et s'affolent. Beaucoup se demandent si de nouveaux crimes ne vont pas être commis ici, maintenant qu'aux Vigneaux il n'y a personne d'autre que le jardinier et sa femme.

— Vous avez peur qu'on s'en prenne à vous ?

Elle eut un geste d'effroi.

— A moi ? Et pourquoi à moi ? Je ne suis ni la patronne ni un auteur maison ! Que je disparaisse n'empêcherait pas la maison de tourner.

— Parce que vous pensez qu'en supprimant Sabine Servier et Maxence Gondrand-Larrivière, on a voulu déstabiliser la maison ? Assassiner le patron, c'était plutôt radical, non ? Dans ce cas, pourquoi supprimer en prime l'auteur maison ? D'autant que les auteurs maison, ça se fabrique, non ?

— Vous avez de ces mots ! dit-elle d'une voix blanche.

L'adjudant la regarda, intrigué. Sa réaction frileuse le surprenait. Qu'avait-il dit de si extraordinaire ? A une époque où des spécialistes sont capables de transformer en marchandises vendables les balbutiements de certaines vedettes de sport, de la chanson ou du cinéma, en quoi le mot fabriqué était-il choquant ? Elle dit, soudain fervente, passionnée :

— Pas Sabine Servier. Pas elle ! Elle avait un style à elle, un style inimitable !

Elle se leva, fit quelques pas dans la pièce et poursuivit avec une espèce d'exaltation :

— Quand Gérard Philipe est mort, on a lancé quelques jeunes premiers qui jouaient aux romantiques et essayaient de prendre l'allure et jusqu'à la voix de Gérard Philipe. Les médias ont alors clamé : « C'est le nouveau Gérard Philipe ! » Trois mois plus tard, personne ne parlait plus du nouveau Gérard Philippe. Il y a eu un Gérard Philipe, il y a eu une Romy Schneider, il y a eu une Simone Signoret, uniques ! Et il y a eu, toutes proportions gardées, une Sabine Servier unique ! Celles qui voudraient l'imiter ne feraient que de mauvaises copies !

Elle porta les mains à son front et dit, soudain calme :

— Excusez-moi. Rien ne me paraît plus injuste que la mort d'un être jeune, qu'il s'appelle Raymond Radiguet, James Dean ou Sabine Servier.

— Vous m'avez dit avant-hier que vos rapports avec Sabine Servier étaient professionnels et cordiaux. Pouvez-vous être plus précise ?

— Sabine n'était pas un être facile à cerner, pas un être facile, tout court. Je ne sais pas si elle avait des amis, je ne sais pas non plus si l'on pouvait vraiment être ami avec elle. Nous sommes sorties toutes les deux ce fameux matin de novembre où on la donnait favorite pour le prix Fémina. Le patron nous avait demandé de déjeuner ensemble non loin de l'endroit où ces dames délibéraient.

— Vous et pourquoi pas M. Gondrand-Larrivière ?

— Il en avait envie mais, au dernier moment, il y a renoncé. Il avait peur d'être reconnu par les journalistes. Quelle contre-publicité si un photographe l'avait surpris attendant les résultats des délibérations ! Surtout si Sabine n'avait pas le prix. Et elle ne l'a pas eu. Des voix jusqu'au dernier tour, mais pas la timbale.

— Comment a-t-elle réagi ?

— Très bien et très mal. Elle était sur les nerfs, ce qui se comprend. Très bien parce qu'elle a simplement haussé les épaules en disant : « Ce sera pour une autre fois ! ». Très mal, un peu plus tard, dans le bureau du patron. Elle lui a fait de violents reproches, ses mains tremblaient et elle avait des larmes qui coulaient sur sa figure, mais elle ne semblait pas s'en rendre compte.

— Et pourquoi cette fureur soudaine ?

— Tout simplement parce que, depuis des jours et des jours, la presse la donnait pour favorite et que le patron lui disait que le prix ne pouvait lui échapper. Elle avait fini par y croire. L'attribution du prix n'était plus à ses yeux qu'une formalité. Il n'est pas rare que ces dames du Fémina affirment leur indépendance et déjouent les pronostics. Nous avons su plus tard que Sabine a eu contre elle le fait que son roman était déjà un best-seller et que certaines vieilles dames du jury, choquées, avaient trouvé que le livre avait été lancé comme une savonnette. Moi, je vous répète les bruits de couloir. En fait, personne ne sait vraiment ce qui se passe dans la tête des jurés, au moment du vote. Le patron a tellement mal pris la chose qu'il a pendant un moment caressé l'idée de créer lui-même son propre prix et de l'attribuer à Sabine ! Et puis, il y a renoncé. Sans prix, le livre se vendait au rythme de près de mille par jour. Et il préférait garder son poulain au vert pour les années suivantes.

Sa voix faiblit un peu quand elle conclut :

— Parce qu'il ne faisait pas de doute que Sabine aurait décroché un des grands prix de fin d'année. Et maintenant...

— Ce différend avec son éditeur pourrait-il être l'une des causes de son départ des éditions Gondrand-Larrivière ?

— Ah, vous êtes au courant...

— Oui.

— Mᵉ Bersetton, que la patronne a lancé sur les traces des journalistes du *Flamboyant*, n'a encore pu obtenir aucune confirmation. En tout cas, on ne devrait pas tarder à être fixé. Les rapports de Sabine avec le patron n'étaient pas si mauvais, puisqu'elle avait été invitée au concert. Mais savoir si elle lui avait dit quelque chose ou si elle attendait une occasion favorable...

— A part le jour de l'attribution du prix Fémina, êtes-vous sortie d'autres fois avec elle ?

— Oui, mais je ne la connaissais pas mieux pour autant. Sabine, je le répète, c'était quelqu'un de très secret. Elle donnait souvent l'impression d'avoir quelque chose à dire mais, au dernier moment, elle se taisait. Dans ces conditions, on devient difficilement amies. Et vous connaissez ce genre de conversation où l'un monologue et l'autre écoute. Certaines fois, c'était comme si je lui arrachais les mots les uns après les autres...

— Les raisons de cette réserve, presque maladive si je comprends bien ?

— Allez savoir...

— Elle n'était pas heureuse ?

— Je n'ai pas une grande habitude des romanciers, mais il me semble que si l'on était pleinement heureux, on n'écrirait pas. Le bonheur que les êtres ne vous ont pas donné, on le partage avec les êtres que l'on crée sur le papier. Ceux-là au moins ne déçoivent pas. Ou alors, l'auteur n'a qu'à s'en prendre à lui-même s'ils le déçoivent.

— C'était le cas de Sabine Servier ?

— Quand on est devenu d'un seul coup un auteur à succès et que des millions de téléspectateurs vous regardent chez Pivot, il est bien difficile de garder la tête froide.

— Et Sabine Servier ne l'avait pas gardée ?

— Je n'ai pas dit ça. Mais si j'en crois certaines confidences, elle avait l'intention de formuler des exigences que, de son côté, M. Gondrand-Larrivière n'avait pas l'intention de satisfaire. Elle disait qu'entre la débutante qu'elle était quand elle avait signé son contrat et la vedette des médias qu'elle était devenue, il n'y avait pas de commune mesure. Et lui, tout aussi justement, disait qu'elle avait signé un contrat, que ce contrat prévoyait un droit de préférence sur ses trois prochains titres aux mêmes conditions que pour le premier. Elle, elle avait raison sur le plan éthique, lui sur le plan pratique.

— Et cela expliquerait les ragots du *Flamboyant*...

— Comment savoir ? M. Gondrand-Larrivière avait le droit pour lui, de toute façon. Et contre le droit...

— Cette voix que vous avez entendue lors de la dispute, le soir, après la réception, aux Vigneaux, c'était celle de Sabine Servier ?

Elle le regarda avec une certaine condescendance :

— Je crois vous avoir dit que je n'ai entendu que celle du patron.

— Je pose autrement ma question : est-ce que c'est à elle qu'il aurait pu s'adresser ?

— Je l'ignore. Mais si les choses se sont passées comme vous l'imaginez, cela voudrait dire que Sabine aurait tenté d'étrangler M. Gondrand-Larrivière ? C'est bouffon ! Et ensuite, qui serait allé tuer Sabine, puis aurait jeté son corps sur une tombe du cimetière du Bignon-Mirabeau ?

— A moins qu'il y ait eu un troisième personnage...

— Dans ce cas, je me demande qui !

Un bouton s'était allumé devant elle.

— Je vous demande pardon, Mme Gondrand-Larrivière m'appelle.

Elle se leva et l'adjudant eut l'impression que cet appel providentiel la rendait à elle-même. C'était à nouveau la secrétaire discrète, presque servile, qu'il avait devant lui.

— Nous reprendrons cette audition plus tard, dit-il. Beaucoup de choses à voir encore.

Elle inclina la tête sans répondre, mais elle plongea son regard dans le sien, comme si elle le défiait.

La grande porte à deux battants peinte en vert foncé ne s'ouvrit qu'après que l'adjudant Terrail eut appuyé plusieurs fois sur le bouton censé déclencher le pêne. Accompagné de Guillaume et du gendarme, officier de police judiciaire Pagès, désigné par le groupement de gendarmerie de Paris pour l'assister dans la capitale, il pénétra dans une cour en demi-cercle sur laquelle s'ouvraient trois escaliers marqués A B et C en lettres jadis blanches, mais que le temps avait jaunies.

— Escalier A, dit la concierge, troisième gauche.

Petite femme entre deux âges, le sourire aigu, l'œil vif et les doigts tachés de nicotine, la concierge les dévisagea sans manifester ni curiosité ni timidité. Après avoir jugé bon de s'attendrir sur la mort de Sabine Servier, puis de poser quelques questions sur cette mort, elle dit, comme elle avait dû le voir dans un feuilleton télévisé :

— Commissaire, je suis prête à répondre à vos questions.

— Je ne suis pas commissaire de police, mais adjudant de gendarmerie.

— Pour moi, c'est du pareil au même.

— Vous venez avec nous à l'appartement qu'occupait Mlle Servier.

Sans ascenseur, l'escalier aux marches de bois qui n'avaient pas été revernies depuis longtemps, à la moquette gris souris usée jusqu'à la corde, était pourtant très propre et sentait vaguement l'encaustique. L'entrée plongée dans l'obscurité, Terrail chercha le commutateur ; une lumière diffuse jaillit de deux appliques placées de chaque côté de l'entrée : deux fausses bougies sur des socles de cuivre. Deux portes côte à côte faisaient face à l'entrée. L'adjudant ouvrit les deux. Cuisine et, dans son prolongement, salle de bains à gauche, salle de séjour-bureau-chambre à coucher à droite. C'est d'abord dans la grande salle où flottait une vague odeur d'encens que Terrail pénétra ; Guillaume et Pagès jetant un coup d'œil dans les autres pièces. De lourds rideaux de jute violette, ternie par la lumière, masquaient deux larges fenêtres sans volets. En face, les autres fenêtres donnant sur la cour étaient également aveugles, comme si l'immeuble s'était d'un seul coup vidé de ses habitants. Terrail tira les rideaux, enveloppa la pièce du regard.

Le lit, ou plutôt le sommier et le matelas, était recouvert d'un tissu également violet, agrémenté de quelques coussins blancs. Entre les deux fenêtres, un épais plateau de bois plastifié chevauchant des tréteaux tenait lieu de bureau. Des piles de dossiers, au fond, une machine à écrire gainée d'une housse de plastique gris et, au milieu, un cahier ouvert ; des stylos, des crayons, des pointes feutre dans un gobelet verni paraissaient à jamais figés. Au sol, un tapis aux dessins hardis, en camaïeu de rouges et de gris, recouvrait en partie des carreaux usés ; des fauteuils et des sièges dépareillés l'entouraient. Ce furent les toiles accrochées aux murs qui retinrent l'attention de l'adjudant ; à elles seules, elles donnaient une originalité sinon une personnalité à l'appartement. Des peintures abstraites où s'enchevêtraient des lignes multicolores, branches torturées, angles cassés, chevauchement subtil des couleurs. Seuls au-dessus de la table de travail, de multiples yeux glauques regardaient fixement tous ceux qui osaient lever un regard vers eux.

— Je n'aimerais pas dormir dans une pièce où tous ces yeux seraient fixés sur moi, dit Guillaume. Si ce sont là les goûts picturaux de Sabine Servier, j'ai hâte de lire son roman. Une sacrée personnalité, sans doute. J'ai jeté un coup d'œil dans la salle de bains. A l'évidence, elle vivait seule. Il n'y a qu'un peignoir de bain, qu'un verre à dents, qu'une brosse... Pas de rasoir jetable, pas de cendrier non plus.

Sur le dernier rayon d'une étagère surchargée de livres de poche se chevauchaient une vingtaine d'exemplaires des *Raisins sauvages*.

— C'est curieux, dit Pagès, ce studio me paraît davantage un lieu de passage qu'un endroit où l'on vit vraiment.

— Qu'est-ce qui vous fait dire ça ?

— Je ne sais pas exactement. Une absence de vie. Rien qui évoque l'abandon, la vie de tous les jours...

— C'est vrai, dit Guillaume, il y a très peu de vêtements dans la penderie de la salle de bains. Sauf quelques très belles robes. Il est vrai aussi que les filles d'aujourd'hui, c'est davantage jeans et polo que robes chic. N'oubliez pas que Sabine Servier faisait partie de la génération qui achète et qui jette. Une génération qui ne raccommode pas, comme dit ma mère.

La concierge, qui se tenait immobile dans l'entrée, intimidée, ne sachant que faire, approuva d'un mouvement de tête. Quand donc ces gendarmes l'interrogeraient-ils ? Elle écoutait, regardait et ne comprenait pas.

L'adjudant continuait à faire le tour du studio convenablement tenu, sans confort particulier et, n'eût été les toiles abstraites, semblable à des centaines, à des milliers d'autres studios occupés par des étudiants, de petits cadres célibataires, bref, des gens de conditions modestes. Ce décor-là, lui semblait-il, n'était pas en rapport avec la jeune et nouvelle gloire de la littérature française. Il le dit aux deux hommes et Pagès hocha la tête.

— C'est vrai, mais ne perdez pas de vue que cette

gloire est relativement récente. Il n'y a pas si longtemps que le roman de Sabine Servier a vraiment décollé. Et même si son éditeur lui a consenti un à-valoir et peut-être des avances, elle ne semblait pas rouler sur l'or. Pas encore. Elle a gardé le studio où elle vivait avant de publier son livre.

— Peut-être ne le savez-vous pas, mais la romancière a souvent changé d'adresse avant de se fixer ici. Il nous reste les dossiers. Ils contiennent peut-être des lettres...

Des lettres, un dossier fermé par une sangle de forte toile en contenait, effectivement, beaucoup. C'étaient pour la plupart des lettres d'admiratrices, plus rarement d'admirateurs, qui écrivaient à Sabine Servier à la fois leur enthousiasme et leur besoin d'identification aux personnages du livre.

— C'est fou, dit Guillaume, ce que les gens ont envie de ressembler à des héros de romans! « Ah, si vous connaissiez ma vie, vous pourriez en tirer un livre! » Ceux qui, la plupart du temps, vivent des histoires d'une affligeante banalité, s'imaginent toujours être au centre d'aventures exceptionnelles!

Sabine Servier avait gardé toutes ces lettres, même, semblait-il, les plus banales et les plus maladroites. Une note fixée par un trombone en haut de chacune d'elles précisait même la date à laquelle elle avait répondu. Très vite, en général.

— C'était une personne organisée, dit Guillaume, et qui n'avait pas la grosse tête, puisqu'elle répondait à tout le monde.

— C'est tout ce que vous trouvez comme correspondance?

— Oui. A croire qu'elle n'avait pas de famille ou qu'elle ne correspondait pas avec elle, ou bien encore qu'elle ne conservait pas les lettres de sa famille.

De plus en plus, Terrail avait l'impression de se trouver en face d'une mise en scène. Comme si, après la mort de la romancière, quelqu'un était venu faire le ménage pour laisser d'elle une image précise et qui ne correspondrait pas forcément à la vérité. Comme si l'on avait gommé de son cadre familier tout ce qui faisait sans doute sa personnalité. Il se promit d'interroger un peu plus tard la concierge à ce sujet.

Un autre dossier, plus mince celui-là, était marqué d'une grosse écriture au feutre noir : *Edition*. L'adjudant l'ouvrit. Une première lettre, à en-tête des éditions Gondrand-Larrivière, accusait réception à Sabine Servier du manuscrit des *Raisins sauvages* et précisait qu'un délai de trois mois serait nécessaire pour son examen par le comité de lecture. Moins de 15 jours plus tard, un télégramme signé Gondrand-Larrivière demandait à Sabine de passer à ses bureaux dans les meilleurs délais. Le troisième document était tout logiquement le contrat : deux doubles pages d'un texte serré que l'adjudant parcourut sans bien comprendre le sens des nombreux articles. Son attention fut toutefois retenue par les passages rajoutés à la machine et précisant que les droits annexes seraient partagés par moitié entre l'éditeur et l'auteur et que l'à-valoir versé à l'auteur moitié à la signature du contrat, moitié à la sortie de l'ouvrage serait de 10 000 francs. Terrail s'attarda en souriant à la signature de Gondrand-Larrivière.

— Un graphologue ferait ses délices d'une signature pareille ! dit-il.

Elle était ouvragée, formée d'arabesques savantes, mais très élégante.

— Il paraît que les traits qui soulignent les signatures sont le signe d'une grande sûreté de soi, sinon de prétention.

Un second contrat, à première vue semblable au premier, se trouvait également dans le dossier ; celui-là enfermé dans une enveloppe non cachetée et ne portant aucune suscription. L'adjudant le feuilleta, puis le replaça dans l'enveloppe. Il lut avec plus d'attention les quelques coupures de presse qui se trouvaient également dans le dossier. Articles fort élogieux pour la plupart mais, et cela le surprit, presque copie conforme. Si peu au courant qu'il fût de la vie littéraire française, il se dit que les critiques étaient toujours à la recherche de l'oiseau rare sur qui l'on pourrait accoler l'étiquette « révélation de l'année ». Il grogna :

— On ne dira jamais assez le mal que les médias font aux romanciers. Porter aux nues un débutant qui n'a qu'un joli brin de plume et le descendre en flammes si son second roman ne tient pas les promesses du premier, quelle jouissance pour certains critiques ! Combien de jeunes romanciers sont ainsi passés à la trappe ?

Guillaume continuait à fouiller dans les dossiers accumulés sur le bureau. Auparavant, il avait inspecté les tiroirs des meubles.

— Ce qui me frappe, dit-il enfin, c'est que Sabine Servier ne paraissait pas avoir de passé. Rien, pas un papier, pas une photo de famille...

— La carte d'identité qu'on a trouvée dans son sac dit qu'elle est née à Montpellier. J'ai fait le nécessaire pour que nous ne tardions pas à savoir quelque chose de ses origines. Ah, voilà sans doute le manuscrit de son nouveau roman.

Il feuilleta une liasse de feuillets tapés, très correctement, à la machine.

— Elle en était à la page 160.

Ce qui le surprenait, c'étaient les nombreux rajouts faits à la main, dans les marges, les pages manuscrites intercalées entre certains chapitres. Il les examina très attentivement.

— Je ne comprends pas, dit-il. Les corrections ont été faites par deux personnes différentes. Regardez...

A une écriture serrée, très pattes de mouche et difficilement déchiffrables par un non habitué succédait, parfois sur la même feuille, une écriture plus large, plus aérée. L'encre même était d'une autre couleur. Ecriture à la pointe bic pour la première, au stylo à plume large pour la seconde.

— Elle avait peut-être quelqu'un qui lui corrigeait ses manuscrits, dit Pagès. De nos jours, il paraît que c'est courant. Un livre, ça se fabrique comme n'importe quoi. A quand les robots à qui l'on fera ingurgiter un scénario et qui, un moment plus tard, restituera une histoire lisible et publiable ?

La boutade de Pagès ne fit pas sourire l'adjudant. Ces deux écritures sur le manuscrit l'intriguaient. Pour en savoir un peu plus, il se devait d'aller interroger Sarah Gondrand-Larrivière. Il flairait une piste, mais il ne voulait pas courir le risque de se ridiculiser, voire de se déconsidérer si Mme Gondrand-Larrivière lui démontrait que ses doutes n'étaient pas fondés, ses inquiétudes non plus. De toute façon, un examen aussi superficiel du manuscrit ne lui permettait de tirer aucune vraie conclusion.

Poursuivant l'examen des dossiers, il découvrit au bas de la pile deux exemplaires du manuscrit des *Raisins sauvages*. Le premier portait en haut : première frappe, le second : frappe définitive. Il n'y avait pas de changements importants de l'un à l'autre, sauf que le second était tapé sur une machine aux caractères différents.

— Poussez-vous, dit-il à Guillaume.

Il introduisit une feuille de papier sous le rouleau de la machine à écrire, dont le cordon était encore relié à la prise de courant, tapa quelques phrases. Il retira la feuille, la compara aux pages du manuscrit. Le premier roman de Sabine Servier n'avait pas été tapé sur cette machine-là. Du moins la version définitive. Ce qui ne signifiait rien, le travail définitif ayant pu avoir été confié à une dactylo professionnelle.

Son interrogation première persistait pourtant : le studio avait-il été préparé pour la perquisition qu'il devait fatalement y faire ? Après tout, quelques jours s'étaient écoulés depuis le crime et quelqu'un avait très bien pu, sans se presser, préparer sa mise en scène. Très curieusement, cette visite davantage que cette perquisition ne lui apprenait rien sur la vie ni sur la personnalité de la romancière. A croire qu'elle vivait ailleurs et ne faisait que passer rue Guisarde. L'absence de tout téléphone le confirma dans ses doutes. Il se tourna vers la concierge :

— Je voudrais que vous me disiez d'abord depuis combien de temps Mlle Servier occupait son studio.

— A peu près deux ans. Peut-être plus. Quelqu'un de fier, mais pas méprisante, si vous voyez ce que je veux dire. La timidité, peut-être. Et quelqu'un de tout à fait discret. Jamais d'histoire, jamais de réclamation pour un robinet qui fuit ou pour du courrier qu'elle ne reçoit pas. Elle n'était pas comme certains, enfin, je me comprends...

— Et du courrier, elle en recevait beaucoup ?

— Les premiers temps, pas du tout. Après la publication de son livre, elle en a reçu un peu plus. C'est seulement depuis quelques mois que son casier était souvent plein. Des lettres qu'on lui faisait suivre de chez son éditeur, beaucoup plus que des lettres qui lui arrivaient directement ici.

— Recevait-elle beaucoup de visites ?

— Non. Elle m'avait donné une consigne. Répondre à tous ceux qui la demandaient qu'elle était en voyage. Vous avez pu remarquer que la porte de chaque escalier est protégée par un code à partir de six heures du soir et jusqu'à huit heures du matin. Comme ça, les locataires sont relativement tranquilles. Ses amis, eux, connaissaient le code.

— Ses amis ?

— Deux personnes très bien. Une fille et un garçon de son âge, ou à peu près.

— Ils venaient ensemble ?

Elle regarda les trois hommes par en dessous, eut un geste de la main, comme si elle découvrait soudain un sens caché à la question.

— Non, il ne me semble pas. Le garçon venait surtout tard le soir, la fille dans la journée ou en fin d'après-midi.

— Vous pourriez me la décrire ?

— La fille ? Quelconque. Je veux dire quelqu'un qu'on

ne remarque pas. Ni jolie, ni laide. Bien habillée, jamais en jeans ni veste trois fois trop grande... La bonne trentaine.

— Les cheveux ?

— De ceux qu'on ne remarque pas non plus. Châtain clair. Une personne bien. Elle ne restait jamais bien longtemps.

— Et le garçon ?

— Je viens de vous le dire, il venait le soir. Je ne sais pas s'il passait la nuit avec elle... Je ne suis pas de celles qui surveillent les allées et venues des locataires. En tout cas, ce que je peux dire, c'est que je ne l'ai jamais vu partir au petit matin, en rasant les murs. Ce n'est pas comme certains...

A nouveau une expression butée sur son visage ingrat ; elle ne devait pas porter dans son cœur quelques habitants de l'immeuble.

— Le garçon, vous pouvez me le décrire ?

— Sûr, il était pas comme la fille. Le bon chic, mais décontracté. Même en jeans, il faisait distingué. Beau garçon, il porterait un sac percé de deux trous, il trouverait le moyen d'être élégant...

— Comment savez-vous qu'ils se rendaient l'un et l'autre chez elle ?

— Parce que l'un et l'autre m'ont demandé Mlle Servier la première fois qu'ils sont venus. Et puis aussi parce que je les ai vus partir avec elle. Oh, pas souvent. Mais enfin, une gardienne d'immeuble, ça a l'œil, c'est fait pour savoir ce qui se passe dans sa maison, pas vrai ?

— Qu'est-ce qu'elle faisait de son temps, Mlle Servier ?

— Depuis qu'elle a publié son livre, sa vie a complètement changé. Elle ne sortait plus comme avant. Elle passait des heures à taper à la machine, ce qui soit dit entre nous agaçait certains de ses voisins. Une fois, j'ai même dû intervenir parce qu'elle ne regardait pas l'heure et qu'il lui arrivait de taper bien après dix heures du soir.

— Et avant qu'elle publie son livre ?

135

— Oh alors là, elle n'avait pas d'heure. C'était son métier qui voulait ça.

— Son métier ?

Une nouvelle fois, elle regarda l'adjudant d'un air soupçonneux, étonnée sans doute que des gens chargés d'une enquête sur la mort d'une romancière célèbre ne connaissent rien de sa vie, avant.

— Vous ignoriez que Sabine Servier était mannequin avant de devenir romancière ?

— Mannequin ? Quel genre de mannequin ?

— Elle posait pour des revues, si vous préférez...

— Des revues de nus ?

— Qu'est-ce que vous imaginez ? Des revues de mode. Vous savez, ces filles qu'on photographie souvent place Saint-Sulpice, devant la fontaine, en manteau de fourrure en plein mois d'août et en tenue de plage l'hiver ! Elle a même fait des films publicitaires pour la télé... Les chaussures Genius, c'était elle. On l'a vue aussi au volant de je ne sais plus quelle voiture...

— Elle était connue comme mannequin ?

Cette fois, le sourire devint grimace et elle leva les yeux au ciel, comme si elle le prenait à témoin de tant d'ignorance.

— Qu'est-ce que ça veut dire, être connu ? C'est un métier qui a des hauts et des bas, plus de bas que de hauts, d'ailleurs. Descendons dans ma loge, je vais vous montrer.

Elle sortit d'une pile de revues un numéro de *Elle* et un autre de *Vogue*. Puis elle dit, d'un air triomphal :

— Regardez la couverture ; chaque fois, c'était elle !

Elle se rengorgeait, comme si la gloire relative du mannequin rejaillissait un peu sur elle-même.

— Elle travaillait pour une agence ?

— Bien sûr. Et pour l'une des plus célèbres, l'agence Cetra, rue de Berri.

Guillaume nota l'adresse dans son carnet, prit à son tour les magazines et dit, d'une voix que l'adjudant ne lui connaissait pas :

136

— Ce qu'elle pouvait être jolie comme ça...

Il pensait avec effroi au visage qu'il avait découvert, la peau grise, l'œil entrouvert et la nuque barbouillée de sang séché.

— Surtout, ne me les emportez pas, dit la concierge. Je les conserve précieusement !

— Savez-vous si Mlle Servier avait de la famille ?

— Je l'ignore. En tout cas, ici, personne de sa famille ne l'a jamais demandée. De temps en temps, elle recevait bien des lettres de province, de Montpellier je crois, mais allez savoir si c'était de sa famille...

— Depuis le crime, ses deux amis sont-ils revenus ici ?

— Pas à ma connaissance. Le train-train habituel des locataires. Ici, c'est une maison tranquille !

— Et aucun inconnu ne l'a demandée ?

— Non, personne, sans quoi je vous l'aurais dit tout de suite !

— On va immédiatement rue de Berri, à l'agence Cetra ? demanda Guillaume, alors qu'après avoir quitté la rue Guisarde les trois hommes regagnaient la place Saint-Sulpice.

— Quelle heure est-il ? Dix-sept heures. C'est possible. Avant, j'aurais bien aimé passer boulevard Malesherbes, pour éclaircir certains points...

— Que personne ne vous ait parlé du précédent métier de Sabine Servier, ça me renverse !

— A moins que tous les gens que nous avons interrogés imaginaient que nous le savions ! Pourtant, depuis le début, j'ai l'impression que les renseignements qu'on nous donne sur la romancière ressemblent à son studio : ils sont vides ! Comme si la vérité était ailleurs. En fin de compte, comme si tout le monde avait intérêt à nous cacher l'essentiel.

— Même Mme Gondrand-Larrivière ?

— Même elle. Mets-toi à sa place. On lui tue son auteur maison alors qu'elle n'a pas la possibilité d'exploiter cette mort pour lancer son nouveau roman, ce nouveau roman qu'un autre éditeur annonce de son côté et qui, pourtant, n'est apparemment pas prêt. Bien sûr, elle a dû faire réimprimer en hâte le précédent, mais cet assassinat constitue en fin de compte une contre-publicité dont elle se passerait bien en ce moment ! De plus, je crois qu'elle veut gagner du temps. Si, comme nous avons tout lieu de le penser, l'assassin gravite de près ou de loin dans la maison d'édition, j'imagine qu'elle ne souhaite pas tellement qu'un nouveau scandale éclate.

— Et si c'était elle, tout simplement, la coupable ? Une supposition : Sabine est la maîtresse de Gondrand-Larrivière. L'épouse légitime les surprend. L'éditeur meurt d'une crise cardiaque et l'épouse tue Sabine.

— Et elle porte le cadavre sur son dos jusqu'au cimetière du Bignon-Mirabeau ?

— Elle pourrait avoir un complice...

— Ce qui laisse quand même notre question en suspens. Pourquoi personne ne nous a-t-il dit que Sabine Servier était mannequin avant de devenir romancière ?

— Sans doute parce que le Tout-Paris le savait. Et pas les gendarmes de Ferrières, tout juste bons à coffrer des voleurs de poules !

Quelques instants plus tard, boulevard Malesherbes, l'huissier les informa que Mme Gondrand-Larrivière était chez son notaire et qu'elle ne reviendrait pas à son bureau de la journée.

L'arrivée des trois gendarmes dans les bureaux de l'agence Cetra fit sensation. C'était bien la première fois que l'on voyait des uniformes authentiques parmi les mannequins — deux filles et deux garçons — qui attendaient le réalisateur d'un film publicitaire vantant les mérites d'une marque de cosmétique. Plus hardie que les autres, une fille s'approcha de Terrail :

— Vous venez pour le film sur la prévention routière ? Vous vous êtes trompés de jour, le tournage n'est pas pour aujourd'hui. C'est peut-être pour la sélection ? Mais les sélections ont lieu seulement le matin, de 10 à 12 heures.

Flatté qu'on pût le prendre pour un figurant mais irrité par la méprise — quelque part, il se sentait ridicule — l'adjudant haussa les épaules :

— Nous sommes attendus par Mme Lemercier, la directrice de l'agence. Annoncez-lui l'adjudant Terrail.

La fille eut un rire niais :

— Vous êtes un vrai gendarme ?

Elle pouffa :

— Excusez-moi, je vous annonce !

La première impression de Terrail fut que cette Mme Lemercier, la cinquantaine marquée mais la voix et le geste impérieux, ressemblait à Sarah Gondrand-Larrivière. Femmes d'affaires toutes les deux, elles avaient toutes les deux les mêmes gestes pour écarter les objections et la même façon d'imposer leur point de vue.

— Messieurs, asseyez-vous, dit-elle en leur désignant des sièges de cuir bleu tendu sur des tubulures d'acier. Votre coup de téléphone ne m'a pas surprise. D'autant moins que je l'attendais plus tôt... Quand j'ai vu dans les journaux la photo de cette pauvre Sylvaine, je me suis dit que les flics — pardon! — ne tarderaient pas à prendre contact avec moi...

L'adjudant ne voulait pas lui confier qu'il ignorait tout du premier métier de Sabine Servier quelques heures plus tôt. Toutefois, en parlant d'une certaine Sylvaine, elle lui permettait de faire l'impasse.

— Sylvaine? Je ne comprends pas.

Une espèce de commisération dans le regard, une moue qui accentuait la ride de la bouche au menton, elle avait là encore la même façon de le considérer que Sarah Gondrand-Larrivière.

— Sylvaine Pamier. C'est ainsi qu'elle se faisait appeler quand elle posait pour nous. Son vrai nom est bien Sabine Servier, celui avec lequel elle a signé son roman, celui aussi que l'on trouvait au bas des articles qu'elle publiait dans les hebdomadaires de M. Gondrand-Larrivière.

— Elle a débuté chez vous comme mannequin?

— Oui. Des filles comme elle, on n'en voit pas beaucoup. Du chien, de la gueule et une présence... C'est pourquoi je l'ai engagée très vite, même si elle n'avait pas, et de loin, le profil idéal du mannequin. Tel du moins qu'on le définit d'habitude.

— Expliquez-vous.

— Côté plastique, taille, mensurations, poids, c'était parfait. Plus difficile le visage, émouvant certes, mais dissymétrique, paupières un peu lourdes, yeux trop petits. Ça, vous me direz que ça se corrige, ce que mes maquilleurs ont fait, et très bien. Ce qui a été plus compliqué, ça a été d'enlever à Sylvaine — vous permettez que je continue à l'appeler Sylvaine? — son côté...

comment dire ?... tragique, petit animal traqué. Il faut qu'un mannequin irradie la joie de vivre. Ce qui n'était pas le cas.

— Parce qu'elle était malheureuse ?

— Je n'ai pas dit ça. Son air de chien battu lui était hélas ! naturel. Nous sommes parvenus à le lui faire perdre sur les photos et dans les films publicitaires, mais pas dans la vie. Sans faux cils, sans maquillage savant, sans l'éclat des projecteurs, sans le luxe des toilettes qu'elle portait pour les besoins de la cause, elle reprenait son aspect petite fille que le malheur accable, si vous voyez ce que je veux dire.

— Comment est-elle entrée en contact avec vous ?

— Barbara, un de nos mannequins vedettes, nous l'a présentée. C'est souvent comme ça que les choses se passent. Par relations. Si vous demandez quelle était son activité avant d'entrer chez nous, je vous répondrai que je n'en sais rien. Moi, la seule chose qui m'intéresse, c'est que mes filles fassent le travail que j'attends d'elle, et qu'elles le fassent bien. Qu'elles soient sans cesse disponibles, de nuit comme de jour, car on peut avoir à prendre des photos de nuit. Si je n'avais pas peur de vous faire sourire, je vous dirais que ce métier demande une certaine abnégation, un vrai don de soi. Cela suppose une totale disponibilité et de ce fait une absence presque totale de vie privée. La légende qui veut que nos mannequins soient attendus par de richissimes protecteurs à la sortie des studios reste vivace dans l'esprit des gens, mais c'est une légende et pas plus. Autre chose est de les louer pour une soirée mondaine où elles mettent en valeur certaines personnalités qui ont besoin de publicité. Mais moi, je ne mange pas de ce pain-là. Mon agence est une agence de mannequin, pas de cover-girls.

— Avant d'être engagée par vous, Sabine Servier — pardon, Sylvaine — a-t-elle travaillé pour une autre agence ?

— Je ne le pense pas. Je vous le répète, son engagement chez nous s'est fait de la façon la plus banale.

Barbara nous l'a présentée, nos photographes l'ont fait évoluer pendant des heures, après quoi les tests, tous concluants, ont fait que je lui ai signé un contrat. Vous allez me demander comment elle a connu Barbara ? Je n'en sais rien. Vous allez me demander aussi de vous mettre en rapport avec Barbara et je vous répondrai que Barbara vit aux Etats-Unis depuis un an. Barbara a fait un riche mariage : un industriel dans je ne sais plus quelle branche. Les Américains ont souvent besoin d'avoir leur femme à la parade. Ça les flatte, ça les valorise, à leurs yeux en tout cas.

— Sylvaine débute donc chez vous. Et ça marche tout de suite ?

— Eh bien non, justement, ça ne marche pas. A cause de ce que je viens de vous dire. Et puis un jour un publicitaire a eu l'idée géniale de se servir justement de ce qui la desservait. Les produits de beauté à base de cellules fraîches : avant, après. Le truc bidon par excellence, usé jusqu'à la corde, mais qui marche à tous les coups. Toujours est-il que, grâce à son film publicitaire, la firme en question a doublé son chiffre d'affaires. Après, sur sa lancée, Sylvaine a continué. Elle est devenue en quelques mois une valeur sûre de notre agence. Et puis un jour, sans que rien ne le laisse prévoir, elle m'a annoncé qu'elle avait écrit un roman, que ce roman allait paraître et qu'elle renonçait à un métier pour lequel elle ne se sentait pas de vraies dispositions. Elle a terminé son contrat, son roman a été publié avec le succès que vous savez, un très bon roman d'ailleurs, et nous nous sommes quittées bonnes amies. C'est vrai qu'elle n'avait jamais su s'adapter vraiment à une vie dans laquelle, en fin de compte, elle ne s'investissait pas. Même au moment où ça ma ait le mieux, elle n'était qu'un élément rapporté

— Avez-vous gard s contacts avec elle ?

— Elle m'a oyé son livre dédicacé, je lui ai répondu p a remercier, elle est venue poser pour quelqu photos que la presse a abondamment reproduites, mais ces photos étaient en quelque sorte entre parenthèses. C'étaient des photos d'actualité, ce que nous ne faisons pas d'habitude. Nous avons dit oui parce qu'elle affirmait, avec juste raison d'ailleurs, qu'elle se trouvait affreuse sur les autres photos de presse. Chez nous, Cyrille savait exactement sous quel angle il fallait la photographier.

— Cyrille ?

— Le photographe avec lequel elle s'entendait le mieux. Un garçon qui lui ressemblait. L'aspect un peu paumé, lui aussi, mais comme elle une volonté de fer pour réussir. Et un grand professionnel.

— Quels étaient ses rapports avec elle ?

— Vous voulez dire : se voyaient-ils en dehors de l'agence ? Je l'ignore. C'est un principe chez moi : vie privée et vie professionnelle se côtoient mais ne s'interpénètrent pas. C'est vrai, je les ai vus plusieurs fois rire ensemble comme des gosses, partir ensemble aussi, mais ça ne veut rien dire. Cyrille est de plus un garçon très discret, secret aussi, ne se livrant pas facilement. Certaines filles le détestent à cause de sa froideur, de sa rigueur presque dictatoriale dans le travail, d'autres l'adorent. Sylvaine étaient de celles-là.

— Je pourrai le voir ?

— Il est parti en congé vendredi dernier.

Prévoyant la question de l'adjudant, Guillaume le regarda, sortit un carnet de sa poche.

— S'il vous plaît, vous me donnez son nom, son adresse et son numéro de téléphone...

Elle ouvrit un registre, le lui tendit en marquant de son ongle la ligne où le nom et l'adresse du photographe étaient inscrits.

— Savez-vous s'il a pris des photos de la réception des Gondrand-Larrivière aux Vigneaux ?

— Ah oui, ce fameux concert-catastrophe ! Pas pour l'agence en tout cas. Je vous répète que nous ne sommes pas une agence de presse. Mais il a pu accompagner

143

Sylvaine, je veux dire Sabine Servier. Il ne m'en a pas parlé.

— Il est absent pour combien de temps ?

— Deux semaines. Il lui reste trois semaines de congé, qu'il prend généralement en hiver.

— Célibataire ?

— Oui.

— Le genre tombeur de filles ?

A nouveau, elle regarda l'adjudant avec une certaine commisération. Une certaine incrédulité, même. Celui-là aussi, allait-il tomber dans les clichés ? C'est d'une voix dont elle dissimulait mal l'agacement qu'elle répondit :

— On voit bien que vous ne le connaissez pas. Cyrille, c'est le genre d'homme qu'on ne parvient jamais à cerner, même quand on le connaît bien. En effet, il travaille avec moi depuis que j'ai ouvert mon agence, ça va faire bientôt six ans. Il débutait alors. Secret, peu bavard, il est doux comme un agneau mais il peut avoir des répliques qui claquent comme des lanières de fouet. Et il y en a qui n'aiment pas être fouettés !

Elle faisait de la littérature, le savait, mais comment expliquer autrement Cyrille ? Elle reprit :

— Réflexion faite, je ne crois pas qu'il soit allé avec Sylvaine à la réception des Gondrand-Larrivière vendredi. Quand il m'a quittée ce soir-là, il m'a simplement dit : « Je rentre, je fais mes valises et je me sauve. J'en ai ma claque de Paris et de ses 30 degrés à l'ombre ! J'ai une petite maison en Vendée... »

D'où venait qu'en cet instant l'adjudant ne la trouvait pas très crédible ? Avançait-elle cet argument pour qu'il écarte ses soupçons de Cyrille ? C'était absurde. Comment pourrait-il avoir un semblant de doute avec des renseignements aussi minces ? Contradictoirement, la réticence soudaine de la directrice de l'agence Cetra l'incitait à s'engager dans une direction qu'il n'avait pas prévue. A nouveau, Guillaume interrogea :

— Connaissez-vous son adresse de vacances ?

144

L'hésitation encore plus marquée de Mme Lemercier le conforta dans l'idée que la piste qu'elle lui avait ouverte n'était peut-être pas à négliger.

— Il a dû la communiquer au secrétariat. Vous la voulez?

— Bien sûr.

Elle appuya sur un bouton, donna un ordre bref et, quelques minutes plus tard, une secrétaire frappait à la porte, tendait une fiche à la directrice, qui la remit à son tour au major.

— Voilà, dit-elle. Vous êtes satisfait? Ce pauvre Cyrille qui croyait passer des vacances tranquilles... Enfin, vous exercez votre métier comme bon vous semble.

— Pouvez-vous me montrer le catalogue de photos de Sabine, c'est-à-dire de Sylvaine?

Elle regarda l'adjudant avec surprise et, redevenue très professionnelle, elle eut un très vague sourire. Un nouvel ordre dans l'interphone, une nouvelle secrétaire qui entrait avec un assez volumineux dossier sous le bras.

— Posez-le là, sur la table.

Longeant le mur qu'ouvrait une large baie, une étroite table de plexiglass était recouverte de revues que Mme Lemercier écarta. Puis elle prit le dossier et étala les photos qu'elle tendait au fur et à mesure à l'adjudant.

— Voici Sylvaine à ses débuts. Une vraie sauvageonne, une beauté hors des canons, mais combien attachante. La voici plus tard, après que nous l'ayons formée...

Suivaient des photos publicitaires, définitives en quelque sorte, telles qu'elles avaient paru dans la presse. La même fille, mais cependant différente, plus banalement classique, mais ayant gardé son aura de mystère. Alors que Mme Lemercier continuait à lui montrer des photos qu'il reposait ensuite, il demanda :

— Quand vous avez revu Sabine Servier après la publication de son livre, comment était-elle?

145

— C'était à l'époque où il était fortement question d'elle pour un grand prix littéraire. Elle était épanouie, heureuse, cette fois bien dans sa peau. Sa vraie vocation était sans doute littéraire.

L'adjudant garda dans ses mains les photos que Mme Lemercier lui tendait maintenant : Sabine Servier dédicaçant des livres posés en pile devant elle, Sabine entourée de ses éditeurs, Sabine... Il resta un instant front crispé, tendit les trois photos à Guillaume qui échangea avec lui un bref coup d'œil. Sur ces photos, Sabine, un livre à la main, souriait à un garçon debout de l'autre côté de la table.

— Où ces photos ont-elles été prises ?

— Dans nos studios, comme toutes les autres. Certes, Sabine a participé à des séances de dédicaces dans de nombreuses librairies et aussi dans les grands magasins, mais les photos que l'on fait à ces moments-là ne sont jamais très réussies. Nos photographes ont de beaucoup préféré faire des photos dans nos studios, où les lumières peuvent être réglées comme il convient, quant à la foule censée se presser pour avoir des autographes, nous sommes suffisamment nombreux ici...

— Mais le public ne s'en aperçoit pas ?

— Vous savez, nous n'avons fait que refléter la réalité. Il y a toujours eu beaucoup de monde aux signatures de Sabine.

— Qui est le jeune homme, là, sur la photo ?

— Je ne sais pas. Elle est venue avec lui à l'agence et elle est repartie avec lui. Il y avait entre eux plus que de la camaraderie, une espèce de complicité. Nous avons été plusieurs à l'agence à le remarquer. Un très beau jeune homme qui aurait pu sans problème figurer dans mon catalogue de mannequins masculins.

— Vous l'a-t-elle présenté ?

— Sûrement, mais je l'ai oublié aussitôt. S'il fallait retenir les noms de tous les gens qui nous sont présentés... Autant que je me souvienne, il travaille dans la maison d'édition qui a publié le roman de Sabine.

Décidément, je n'arriverai pas à me faire à ce nom, même si c'était le sien. Pour nous, elle était et elle demeure Sylvaine. Savez-vous quand auront lieu ses obsèques ?

— Mes services recherchent sa famille. Si elle ne se manifeste pas...

— La maison Gondrand-Larrivière ne s'en occupe pas ? dit-elle, choquée. Une fille qui lui a fait gagner tellement d'argent...

— J'ai posé le problème à Mme Gondrand-Larrivière, c'est une bonne question. Pouvez-vous... pouvez-vous me remettre une de ces photos ?

— Bien sûr, prenez les trois. Je vais relever les numéros qui sont inscrits au dos et les faire retirer. Je dois vous dire que j'ai été assez surprise que les journaux ne nous en aient pas commandé davantage après sa mort. Il est vrai que les agences de presse sont mieux placées que nous pour les satisfaire, et sans doute à moindre coût.

Guillaume mit les photos dans sa sacoche et les trois hommes prirent congé d'une Mme Lemercier redevenue femme d'affaires stéréotypée. Dans la rue écrasée de soleil, ils s'épongèrent le front. Il avait rarement fait aussi chaud à Paris à la fin de la seconde quinzaine de juillet.

— Si on pouvait tomber la veste ! dit Guillaume. Je rêve d'un demi bien frais, d'une des criques de mon pays, d'un slip de bain et d'une plage perdue. Avec ma femme et mes gosses...

— En attendant, nous retournons boulevard Malesherbes. Xavier Brandon doit avoir des choses intéressantes à nous dire...

Le garçon les reçut aussitôt dans son bureau du deuxième étage de l'immeuble. Un bureau coquet, heureusement climatisé. Des maquettes de couvertures étaient étalées sur son bureau. Il quitta ses lunettes et Terrail lui trouva des yeux trop pâles, trop vagues, comme des yeux d'aveugle.

Un pantalon très léger, blanc cassé, un pli sans faille, une chemise ciel au col entrouvert sur une cravate desserrée de tricot marine, les manches relevées sur des bras bronzés, il regardait les trois gendarmes avec un sourire très étudié. Si leur visite le surprenait, il n'en laissa rien paraître. Il leur désigna des sièges en face de lui, assez semblables à ceux qui ornaient le bureau de Sarah Gondrand-Larrivière, mais en moins luxueux.

— Messieurs, que puis-je pour vous ?

L'adjudant prit les photos que, sur un signe, Guillaume lui tendait.

— Reconnaissez-vous ces photos ? demanda-t-il.

Xavier prit ses lunettes sur son bureau. Terrail pensait toujours que ces lunettes lui permettaient de se donner une contenance et que leurs verres ne corrigeaient rien du tout. Le garçon examina les photos, puis les reposa sur son bureau, toujours souriant, mais Guillaume se dit que ce sourire ressemblait en fait à une grimace.

— Bien sûr, dit Xavier.

— Vous souvenez-vous de l'endroit où elles ont été prises ?

Il écarta les bras, hocha la tête et son sourire de jeune loup s'accentua.

— Comment voulez-vous que je m'en souvienne ? Sabine a tellement fait de séances de dédicaces et je l'ai si souvent accompagnée...

— Ces photos ont quelque chose de particulier. Voulez-vous les examiner de près ?

Xavier remit ses lunettes, avec lesquelles il jouait avec un art consommé, regarda plus attentivement les photos.

— Elles ont pu être prises au magasin du *Printemps*, mais il y avait tellement de monde...

Avant de jouer une partie qui serait peut-être décisive, ou de donner un formidable coup d'épée dans l'eau, il ne savait, Terrail regarda son interlocuteur. Si c'était un comédien, c'était un très bon comédien, qui jouait autant de son physique, fort avantageux, que de sa bonne foi ; bonne ou mauvais.

— Un petit effort, monsieur Brandon. Cette photo n'a pas été prise dans une librairie ni dans les rayons d'un grand magasin. Elle est le résultat d'une mise en scène qui a eu lieu aux studios de l'agence Cetra, rue de Berri, où vous aviez accompagné Sabine Servier.

Xavier ne se démonta pas.

— C'est bien possible. Pendant presque un mois, à la sortie du livre de Sabine, ça a été la valse des photographes, des télés, des radios, des radios libres, et j'en passe. C'était fou, notre attachée de presse nous avait établi un programme presque heure par heure...

— Vous dites nous. C'était vous qui étiez chargé d'accompagner Sabine Servier ?

— Presque tout le temps, oui. Elle me disait que ma présence la rassurait. Elle était tellement traqueuse... Si je n'avais pas été là, elle se serait peut-être enfuie.

— Il y a quelque chose que je ne comprends pas. Comment peut-on avoir à ce point le trac, alors qu'auparavant on a exercé un métier qui exige d'être parfaitement maître de ses nerfs...

— Détrompez-vous. Les plus grands comédiens ont toujours le trac avant d'entrer en scène ou de pénétrer sur un plateau.

— Donc, vous avez accompagné Sabine Servier aux studios Cetra, rue de Berri...

— Oui. Autant que je me souvienne maintenant, ces photos n'ont pas été beaucoup reproduites dans la presse. Elles étaient pourtant fort bien faites.

— Et ça ne vous a pas gêné de passer pour un lecteur venu chercher une autographe ?

— J'avoue que l'idée ne m'a même pas effleuré. Si les séances de dédicaces n'avaient pas attiré autant de monde, ç'aurait été un autre problème. Mais comme la foule était toujours au rendez-vous...

Guillaume regardait attentivement l'adjudant ; la voix de Terrail s'était faite plus douce ; cette neutralité soudaine préludait souvent à une attaque brusquée. Ce qui ne manqua pas de se produire.

— Monsieur Brandon, pourquoi ne m'avez-vous pas dit la vérité au cours de votre première audition ? Autant que je me souvienne, ce que vous m'avez affirmé à ce moment-là, vous l'avez répété lors de votre déposition. Voulez-vous que je vous en rappelle les termes ?

Bien tassé sur son siège, les mains à plat sur son bureau, Xavier Brandon paraissait prêt à la lutte. Il ne se démonta pas cependant et continua de sourire.

— Qu'est-ce que j'ai bien pu vous dire qui ne soit pas conforme à la réalité ?

— Vous avez prétendu que Sabine Servier avait adressé son manuscrit par la poste aux éditions Gondrand-Larrivière. Qu'à ce moment-là elle préparait un certificat de Lettres à Montpellier. Pourquoi m'avoir caché que, depuis des mois, elle était mannequin à l'agence Cetra ?

— Je ne pensais pas que cela avait de l'importance. La consigne du patron était très stricte : personne ne devait savoir que Sabine avait été mannequin. Personne. J'ai là des dossiers de presse qui vous confirmeront que les consignes ont été respectées. Je n'ai fait que vous répéter ce qu'il y avait dans les dossiers de presse.

— Et pourquoi vouloir cacher à tout prix que Sabine Servier avait été mannequin ? Ce n'est pas un métier infamant que je sache !

— M. Gondrand-Larrivière voulait donner de Sabine une image de marque très précise. Il fallait que l'on prenne très au sérieux le poulain qu'il allait lancer. Et quoi de plus convaincant que l'image d'une jeune provinciale timide, effacée, grandie dans l'ombre de Mauriac ou de Giraudoux, comme seule la province peut en produire ? Il redoutait que la presse ne fasse des gorges chaudes si elle apprenait que la romancière avait pendant des mois posé pour des photos très sophistiquées. Je vous l'accorde, c'est un point de vue qu'on peu

150

discuter. Dans la maison, cette version très conventionnelle ne faisait pas l'unanimité.

— Mais c'est insensé ! N'importe qui pouvait la reconnaître ! Les hebdomadaires à scandale n'ont pas soulevé le lièvre ?

— Non. Personne ne l'a reconnue, aussi surprenant, aussi invraisemblable que cela paraisse. Et à l'agence Cetra, tout le monde a tenu sa langue. Il faut dire que le look de Sabine chez Gondrand-Larrivière était tellement différent ! En fait, elle était redevenue ce qu'elle était en réalité, sans faux-cils, sans hauts talons, sans maquillage savant ; elle était une romancière comme les autres.

— J'entends bien, encore que je ne sois pas totalement convaincu. Le problème, pourtant, reste entier. Quand je vous ai interrogé, je n'étais pas un journaliste et les données étaient quelque peu modifiées : Sabine Servier venait d'être assassinée ! Or, malgré cela, vous vous en êtes tenu à la version fabriquée pour les médias, sans me révéler ce que forcément je ne devais pas tarder à apprendre. Cela porte un nom : entrave à la justice. Vous avez même ajouté au portrait de Sabine Servier tel que vos services de publicité l'avaient brossé, en me disant que vous n'étiez jamais sorti avec elle, alors que, pour le moins, ce n'était pas exact !

— Moi ?

— Oui, vous ! Vous ne paraissez pas vous rendre compte que vous feriez un suspect idéal ! Vous me servez une histoire à dormir debout, vous reconnaissez ensuite que vous n'avez pas cessé de me mentir depuis le début de l'enquête pour des raisons pour le moins sujettes à caution, et je ne vois pas pourquoi, quand vous me dites qu'il n'y avait rien, absolument rien entre Sabine Servier et vous, je serais obligé de vous croire.

— C'est pourtant la vérité.

— Vous n'êtes jamais allé chez elle ?

— Non. Je ne sais même pas où elle habitait.

Terrail pensa aussitôt qu'il avait un moyen de le vérifier : le confronter avec la gardienne d'immeuble de la rue Guisarde. Il avait même un moyen encore plus simple de s'en assurer dans l'heure sans courir le risque de devoir reconnaître son erreur, si erreur il y avait. Il se leva et dit presque machinalement :

— Je vous prierai de ne pas quitter Paris et de vous tenir à la disposition de la justice.

Contrairement à ce qu'il prévoyait, Xavier Brandon ne le prit pas de haut.

— Comment dois-je entendre cela ? J'aurais envie de vous répondre que je ne parlerai qu'en présence de mon avocat si je n'avais peur d'être ridicule.

— D'autant que c'est la plupart du temps un argument de coupable. Pourtant, entendez-le comme vous voulez. Je retiens que vous m'avez menti sur un point capital et que vous pourriez être poursuivi pour entrave à enquête.

La gardienne d'immeuble de la rue Guisarde fut catégorique quand Terrail lui montra les photos que l'agence Cetra lui avait remises.

— Non, le garçon qui venait voir Mlle Servier ne ressemblait pas, mais pas du tout à cette gravure de mode ! L'autre fait plus peuple, si vous voyez ce que je veux dire. Toujours habillé sport, mais chic. Je ne l'ai jamais vu une seule fois avec une cravate.

— Je vous remercie.

Dans la rue Guisarde, l'adjudant dit :

— Même si je n'écarte pas a priori Xavier Brandon de la liste des suspects, j'ai l'impression qu'il va nous falloir repartir de zéro. C'est gai ! Et pourtant, je suis sûr que le beau Xavier ne nous a pas tout dit !

L'adjudant n'avait pas eu à se rendre en Vendée pour entendre Cyrille Gravier. Et pas davantage à le convoquer. Non sans mal, il était parvenu à le joindre au téléphone et, quand il lui eut révélé ce qui s'était passé aux Vigneaux le vendredi précédent, le photographe réagit :

— Je prends le premier train. Je crois que Sylvaine — pardon, Sabine — n'avait pas de famille et il faut bien que quelqu'un s'occupe de ses obsèques. Si elles n'ont pas eu lieu, bien sûr. Mais on n'a pas pu la jeter dans un trou, sans personne, sans...

Une voix jeune, claire, précise, mais abrupte. Le garçon, toutefois, ne ressemblait pas à l'idée qu'il s'était faite de lui en fonction de cette voix. Grand, large d'épaules, une silhouette de sportif, des mains larges et solides apparemment plus aptes à manier la charrue qu'un appareil photographique, une chevelure châtain clair en épis, difficile à discipliner et un regard d'enfant que rien ni personne ne devait faire baisser, enfin une jovialité toute méridionale encore qu'il fût breton, tel Cyrille apparut à l'adjudant.

Les obsèques de Sabine Servier avaient eu lieu le matin même à Orléans. Cyrille avait eu le temps de s'occuper de tout et il était revenu d'Orléans très amer.

— Sabine, c'est vrai, n'avait pas de famille et j'étais

153

seul à suivre son cercueil, avec quelques amis journalistes du coin. Personne de la direction des éditions Gondrand-Larrivière et, pour faire bonne mesure, personne non plus de l'agence Cetra. A croire qu'ils s'étaient tous donné le mot. Vous me direz qu'Orléans, ce n'est pas Paris, mais quand même... Trois pelés et un tondu. Les éditions Gondrand-Larrivière s'étaient quand même fendues d'une couronne tellement grande que les employés des pompes funèbres ont eu du mal à l'accrocher derrière le corbillard.

— Si je vous ai bien entendu, il n'y avait ni Xavier Brandon, ni Sophie Barnier ?

— Si, ils étaient là tous les deux, mais à titre individuel, si vous voyez ce que je veux dire. Et presque gênés, comme s'ils avaient peur d'être vus ou, plus encore, d'être photographiés. A part un journaliste local, qui est venu me poser des questions sans intérêt, il me semble que personne de la presse parisienne ne s'était déplacé. J'attends avec curiosité le communiqué de l'A.F.P. A croire que Sabine, qu'ils n'ont cessé de traquer pendant des mois, ne les intéressait plus une fois morte !

— Vous me surprenez. J'étais convaincu que les médias n'allaient pas laisser passer une aussi belle occasion de vendre du papier et de la pellicule...

— C'était aussi ce que je me disais. D'autant plus qu'en cette période de vacances, l'actualité est plutôt maigre

Terrail avait reçu Cyrille Gravier dans un bureau mis à sa disposition boulevard Exelmans par la brigade de Paris de la gendarmerie nationale. Bien qu'il se dût d'être circonspect, quelque chose de spontané dans l'attitude du photographe lui avait rendu d'emblée le garçon sympathique.

— Vous avez donc connu Sabine Servier à l'agence Cetra ?

— Oui. C'est moi qui ai été chargé de lui faire faire des essais. Pas facile ! Une rebelle et une beauté en friche.

— Qu'entendez-vous par là ?

— Je veux dire une beauté presque cachée par un maquillage qui ne lui allait pas du tout, par une coiffure moitié négligée, moitié punk avant l'heure. Des yeux toujours baissés, mais un regard à vous fusiller pour une plaisanterie douteuse. Bref, quelqu'un de pas facile et, en même temps, peut-être à cause de ça, très attachant. Une forte personnalité, ça, oui, ce qui se sentait au premier regard. Je ne dirai pas que les premiers essais ont été consternants, même s'ils étaient négatifs. Des brouillons de photos, si je peux dire. J'ai réussi à l'apprivoiser et ça a tout de suite été mieux entre nous.

— Mais quelle idée de vouloir devenir mannequin, alors qu'il semblerait qu'elle avait bien peu de dispositions pour ça ?

— Un pari, ou plutôt un défi qu'elle s'était lancé à elle-même. Je ne sais pas à la suite de quelles circonstances elle avait rencontré Barbara, le mannequin vedette de l'agence Cetra. Nous avons tous parié sur elle, peut-être justement parce qu'elle n'était pas une fille comme les autres. Mme Lemercier lui a signé un contrat d'essai de trois mois renouvelable.

— Est-ce qu'elle écrivait déjà ?

— C'est bien là le mystère pour moi. J'ai été le premier surpris quand elle m'a annoncé qu'elle avait écrit un roman et qu'il allait être publié. Bien sûr, il y avait chez elle une machine à écrire et, quand je venais la voir à l'improviste, je la surprenais parfois en train de taper, mais je pensais que c'était de la correspondance.

— On n'écrit pas un roman comme ça, dans le secret ?

— C'est que Sabine était le contraire de la fille à confidences. Passionnée par son travail, ça oui, perfectionniste jusqu'à la maniaquerie, se tenant bien en main, parfaitement maîtresse de ses nerfs, je vous l'ai déjà dit. Quand elle m'a annoncé qu'elle avait écrit un roman, je me suis dit : c'est donc ça. Le fait qu'elle ait écrit un livre, ça éclairait tout le reste. J'ai eu la même impression après avoir lu son roman. On la reconnaissait dans la façon d'aborder son héroïne, qui lui ressemblait, mais en même temps, elle me faisait découvrir une Sabine comme je n'aurais jamais osé l'imaginer. Je ne sais pas si je me fais bien comprendre...

— Vous voulez dire que vous ne la croyiez pas capable d'une telle performance ?

— Pas du tout ! Elle avait une telle volonté et une telle capacité de travail que je la voyais bien passer une partie de ses nuits à écrire mais, en même temps, il y avait un tel décalage entre sa personnalité et son livre que j'avais du mal à concevoir qu'elle ait pu l'écrire. Je nage en pleine contradiction, je le sais. Je suppose d'ailleurs que les familiers des romanciers doivent souvent avoir cette impression.

— Selon vous, qu'est-ce qui l'a fait renoncer à son métier de mannequin apparemment sûr pour se lancer dans celui plus aléatoire d'écrivain ?

— J'ai d'abord réagi comme vous. Et puis, j'ai réfléchi. Elle était mannequin, elle gagnait très bien sa vie, mais elle n'était pas une vraie pro, elle n'avait pas vraiment la vocation. Pas le feu sacré. Et, croyez-moi, le feu sacré, il faut l'avoir pour grelotter de froid en extérieur quand on passe des heures à poser dans de très légères tenues d'été, puisqu'aussi bien les collections sont forcément décalées. Elle a dû compter les années où elle pourrait exercer son métier. Ensuite ? Le riche mariage, le riche protecteur, ça fait partie du folklore, mais la réalité... Barbara est une exception. Le métier d'écrivain n'est pas beaucoup plus sûr, mais il dure infiniment plus longtemps quand ça marche. Et on lui disait tellement que la route des best-sellers lui était largement ouverte...

— Etiez-vous son seul ami à Paris ?

— Pouvait-on être l'ami de Sabine ? Je n'en suis pas sûr. On pouvait à la rigueur sortir avec elle, partager quelques-uns de ses loisirs, on pouvait naïvement croire qu'on faisait partie de ses intimes ; il était pourtant plus difficile de prétendre ensuite que l'on était admis dans sa vie.

— Vous étiez son amant ?

Un sourire ambigu tira la lèvre de Cyrille.

— On pouvait être son amant sans faire partie de ses intimes.

Cyrille jouait avec les mots et cela n'agaçait pas l'adjudant. Ses propos très libres, aussi peu « audition » que possible, lui faisaient entrevoir bien des aspects méconnus d'une personnalité abrupte, toute en coins d'ombre, difficile voire impossible à cerner, mais fascinante. Il eut envie de pousser ce qu'il considérait lui aussi comme une sorte de jeu.

— Selon vous, qu'est-ce qui a conduit Sylvaine à changer complètement de peau quand elle est redevenue Sabine Servier ? L'incompatibilité entre sa vie de mannequin et sa vie de romancière, je n'y crois guère.

— C'est ce que je lui ai dit quand elle m'a annoncé qu'elle entendait gommer désormais de sa vie cette année où elle avait été mannequin presque malgré elle. Comme vous, j'ai été surpris et je le lui ai dit.

— Pensez-vous qu'il y ait autre chose ?

— Avant sa mort, j'aurais répondu non. Aujourd'hui, je serai moins affirmatif. J'ai l'impression, mais ce n'était qu'une impression, que Sabine n'était pas plus à l'aise dans sa peau de romancière que dans sa peau de mannequin. Toujours un grand décalage. Un siècle plus tôt, elle aurait pris le voile que ça m'aurait paru plus en accord avec sa personnalité.

— Dans sa vie, il y avait quelqu'un d'autre que vous ?

Cyrille regarda Terrail comme si, d'un seul coup, une évidence s'imposait à lui.

— Sabine avait le don de s'investir totalement dans les êtres, comme dans tout ce qu'elle faisait. Chaque fois que je me trouvais avec elle, j'arrivais à me persuader que j'étais le seul à compter pour elle. Et dans l'instant, je l'étais, c'est sûr. Pourtant, quand je compte les heures que je passais avec elle, ça ne pèse pas lourd, même si elles étaient intenses.

— Ce qui voudrait dire que Sabine compartimentait

bien sa vie et qu'il aurait pu y avoir quelqu'un d'autre dans son existence sans que vous vous en rendiez compte ? C'est ça ?

— Oui. Un détail me revient à l'esprit. Les derniers temps, avant qu'elle quitte l'agence, quelqu'un l'appelait souvent puisqu'elle n'avait pas voulu faire installer le téléphone chez elle. Je me souviens qu'on la plaisantait à ce sujet. J'avais remarqué que son interlocutrice parlait beaucoup et qu'elle, au contraire, répondait par monosyllabes. Les conversations, si l'on pouvait appeler cela des conversations, duraient parfois assez longtemps. Mais l'attitude de Sabine restait la même, aussi impénétrable après le coup de fil qu'avant.

— Vous avez dit interlocutrice ?

— Oui, c'était une femme qui appelait.

— Je vous pose ma question pour la forme : vous ne connaissez pas le nom de cette interlocutrice ?

— Non.

— Jamais Sabine ne vous a parlé d'elle ?

— Non. Ou plutôt, mais ça n'est peut-être pas lié, elle a par deux fois repoussé un rendez-vous parce qu'elle avait quelqu'un à voir, qu'elle devait passer plus de temps que prévu avec ce quelqu'un, et que ce serait trop long à m'expliquer. Elle ne m'a d'ailleurs jamais donné d'explication, ça n'était pas dans ses habitudes. A l'époque, elle m'a paru distraite, préoccupée, pas du tout présente. Ce qui était rare. Toute romancière qu'elle soit, Sabine était une réaliste. Avec les deux pieds sur terre.

— Ces coups de fil, vous les situez longtemps avant le départ de Sabine de l'agence Cetra ?

— Attendez... Non, quelques semaines seulement.

— Auraient-ils pu être déterminants pour ce départ ?

— Comment savoir ? Tout peut être envisagé...

— Nous n'avons pas encore parlé du crime. Qu'avez-vous à m'en dire ? Vous a-t-il surpris ?

— Je voyais surtout Sabine quand elle travaillait à l'agence ; après la sortie de son livre, nous nous sommes plus ou moins perdus de vue. Est-ce que je comptais encore pour elle ? Cette brusque indifférence m'a fait de la peine et je ne me l'explique pas. Elle cadrait si peu avec l'idée que je m'étais faite d'elle ! En rompant avec sa vie de mannequin, peut-être voulait-elle rompre aussi avec ceux qui avaient partagé cette vie-là. Elle ne me téléphonait pas et, quand je voulais la voir, je passais par le standard des éditions Gondrand-Larrivière où je laissais un message. Elle oubliait de m'appeler. Les premiers temps, il m'est arrivé de l'attendre boulevard Malesherbes, à la sortie de l'hebdomadaire où elle signait des chroniques d'humeur. Mais elle n'avait pas d'horaire fixe. Un soir, exaspérée, elle m'a carrément dit que sa vie avait changé du tout au tout et qu'elle ne souhaitait pas me revoir. Sans explication. Je n'ai pas compris. Le moins que je puisse dire, c'est que ça m'a vexé. J'avais été là un moment de sa vie, je ne faisais plus partie de sa vie et j'en étais rejeté. Quoi de plus logique ? Il fallait que j'en prenne mon parti sans essayer de comprendre. Parce que j'étais fou de colère, je l'ai plaquée là et je n'ai plus cherché à la revoir. Après ce qui vient de se passer, je me dis qu'il devait y avoir dans sa vie quelque chose qui la traumatisait. Je me suis même demandé si quelqu'un ne la faisait pas chanter. C'est absurde.

— La faire chanter ? Pourquoi ?

— Ça... Je me répète, elle n'avait pas une attitude cohérente. Mais l'avait-elle jamais eue ? Mannequin ou romancière, dans les deux cas, on aurait dit qu'elle jouait un rôle.

— Est-ce que quelqu'un de l'agence Cetra a assuré le reportage de la soirée des Vigneaux ?

— Je n'en sais rien. Tout ce que je peux dire, c'est que ce n'est pas moi et que l'agence n'a pas l'habitude des reportages de ce genre. A moins que M. Gondrand-Larrivière ait demandé que l'on photographie des personnalités. Mais j'en doute. Je n'y ai pas été invité, si c'est ça que vous voulez savoir. A quel titre d'ailleurs ?

J'ignorais même que les Gondrand-Larrivière donnaient une soirée.

— Vous m'avez dit n'avoir pas revu Sabine Servier depuis quelque temps. Pouvez-vous situer à peu près cette dernière rencontre ?

— Son livre venait à peine de paraître. Son attitude glacée et fuyante, je vous l'ai dit, ne m'a pas donné envie de la revoir. Chaque rencontre, même très espacée, se soldait par un échec. Nous n'avions plus rien à nous dire. Et je perdais mon temps.

— Et vous n'avez pas essayé de connaître les raisons de cette... comment dire ?... de cette froideur ?

— Sabine était comme ça. Il ne fallait pas chercher à comprendre. Je n'ai pas cherché.

— Et pourtant, vous avez interrompu vos vacances dès que vous avez appris sa mort. Vous n'avez pas voulu, et je vous cite, qu'on la jette anonymement dans un trou...

— Une impression bizarre, cette mort me paraît être l'aboutissement sinon l'explication de tout le reste : de sa froideur, de ses sautes d'humeur, de ses contradictions, de ses fuites en avant. Cette vie de guingois ne pouvait se terminer que comme ça. Peut-être que vous, vous allez enfin savoir le pourquoi de tout ce chaos...

— Vous voulez me dire que vous teniez encore à elle ?

— Bien sûr, même si j'avais baissé les bras depuis longtemps. Elle criait au secours mais en même temps elle refusait ce secours de toutes ses forces !

— Qu'avez-vous pensé à la lecture de son livre ?

— Un curieux cas de dédoublement de la personnalité. Je l'ai cherchée entre chaque phrase et je ne l'ai pas toujours trouvée. Si c'était un exercice de style, pardon, c'était réussi !

— Vous allez repartir pour la Vendée ? J'imagine que cette mort et ces obsèques ont quelque peu bouleversé vos vacances ?

— Je repars quand même, si vous ne me retenez pas à Paris. Mais vous savez où me joindre...

160

Il resta pensif pendant quelques secondes puis reprit, d'une voix changée, comme s'il voulait dissimuler sa peine :

— Ceux que nous avons perdus et que nous avons aimés sont vivants tant qu'ils demeurent dans notre tête et dans notre cœur. Ils sont partout, mais pas dans cette caisse où on les enferme, pas dans le trou où on les jette...

Depuis un moment, même s'il était attentif aux réponses du photographe, l'adjudant se disait qu'il tournait en rond, que son enquête s'enlisait même si, pourtant, les auditions de ceux qui, de près ou de loin, avaient, un temps, côtoyé Sabine Servier, lui permettaient d'éclairer bien des aspects de la vie de la romancière. Mais ces témoignages étaient trop fragmentaires pour qu'il pût avoir d'elle une image d'ensemble.

Il se surprit à demander :

— Vous retournez en Vendée quand ?

— Après-demain.

— De sorte que vous pouvez venir avec moi maintenant rue Guisarde ?

— Oui. J'ai simplement rendez-vous avec une copine en fin d'après-midi. Elle va d'ailleurs venir adoucir quelque peu la fin de mes vacances...

Un furtif sourire, comme pour s'excuser. Et pas l'ombre d'une pensée égrillarde. Pourquoi pas, d'ailleurs ?

Accompagné par l'officier de police le gendarme Pagès comme la première fois, et par le major Guillaume qui avait lu dans la nuit le roman de Sabine Servier et que cette enquête sur la mort de la romancière excitait fort, l'adjudant parla photographie avec Cyrille Gravier pendant tout le trajet. La gardienne d'immeuble, qui lisait un magazine derrière la vitre de sa loge, se précipita à la suite des gendarmes.

— Il est arrivé tout ce courrier pour Mlle Servier ! Qu'est-ce que j'en fais ?

— Confiez-le-moi.

— Alors, il y a du nouveau ? Les journaux ne parlent

plus de l'affaire. De nos jours, même quand vous êtes connu, vous êtes vite oublié ! Pauvre de nous... Elle lui tendit quelques magazines, des factures et une lettre à en-tête des éditions Lecouvreur. Terrail fut tenté de l'enfouir dans sa sacoche et d'en reporter la lecture à plus tard. Pour l'instant, quelque chose de plus important le sollicitait. Pourtant, réflexion faite, il se ravisa, examina l'enveloppe, jeta un coup d'œil au cachet de la poste. La lettre des éditions était partie le vendredi, le jour où Maxence Gondrand-Larrivière recevait le Tout-Paris aux Vigneaux. La gardienne joua la confusion avec beaucoup de désinvolture :

— Cette lettre était bien arrivée le jour où vous êtes venu pour la première fois... Je ne sais pas ce qui s'est passé... L'émotion, peut-être... J'ai tout simplement oublié de vous en parler. Ce courrier, vous pensez bien que ce n'était pas mon intention de le garder...

Terrail dit un « Merci ! » plus sec qu'il ne l'eût voulu et la gardienne se renfrogna :

— Moi, ce que j'en disais... On croit bien faire et puis... Qu'est-ce que j'aurais dit à la famille si elle s'était présentée ?

Dans le studio, Terrail décacheta la lettre.

« *Mademoiselle,*
« *Nous vous serions très obligés de bien vouloir passer à nos bureaux le plus rapidement possible afin que nous mettions définitivement au point le lancement, que nous voulons très spectaculaire, de votre livre.*

« *Notre Président-Directeur général sera absent une partie de la semaine prochaine, mais nous pouvons d'ores et déjà vous fixer un rendez-vous à partir du lundi 27. Nous attendons votre coup de fil et, nous réjouissant une fois de plus de vous compter parmi nos auteurs, nous vous prions d'agréer, Mademoiselle, l'assurance de notre haute considération.* »

L'adjudant relut la lettre, hocha la tête» puis se tourna vers Cyrille.

— Mme Gondrand-Larrivière m'a dit que lorsqu'un débutant signe avec un éditeur, il s'engage à lui soumettre un certain nombre de manuscrits. Savez-vous si Sabine Servier avait signé un contrat de ce genre ?

— Non, Sabine ne m'avait pas parlé de ça. Mais je crois savoir que c'est l'usage. Les éditeurs partent du principe que lancer un débutant coûte de l'argent et que, sans cette clause de sauvegarde, pas un seul débutant ne serait publié en France. Ce qui n'est pas forcément faux. Mais comme les conditions sont les mêmes pour les ouvrages à venir, l'auteur se sent lésé en cas de succès immédiat, ce qui était le cas de Sabine.

— Lisez.

Cyrille lut et rendit la lettre à l'adjudant, qui la passa à Guillaume.

— Je ne comprends pas. Sabine se disait enchantée de son éditeur. A moins que Gondrand-Larrivière ait refusé son second roman ? Ça s'est déjà vu... Je me souviens d'un prix Goncourt presque par hasard et qui s'est vu refuser son second manuscrit...

— Ce qui n'était pas le cas si j'en crois Mme Gondrand-Larrivière.

— A moins que le contrat initial ne prévoyait pas ce droit de préférence...

— Dans ce cas, il est facile de vérifier. Quand nous sommes venus ici pour la première fois, nous avons trouvé deux contrats dans les papiers de Sabine Servier.

— Deux contrats ? Et pourquoi deux ? Autant que je le sache, le contrat est établi en trois exemplaires, un pour l'auteur, deux pour l'éditeur...

— Nous allons bien voir.

Guillaume retrouva facilement la chemise contenant les deux contrats, les tendit à l'adjudant qui, cette fois, les lut attentivement. Cette littérature rébarbative ne le passionnait guère, d'autant moins qu'il dut arriver à l'article 10 pour trouver enfin ce qu'il cherchait. Il le lut à haute voix :

« Article 10. Droit de préférence.

« L'auteur accorde aux éditeurs un droit de préférence concernant les œuvres qu'il se proposerait de publier dans l'avenir sous son nom ou sous pseudonyme, seul ou en collaboration.

« Ce droit de préférence s'applique aux œuvres entrant dans les genres suivants :

romans — nouvelles.

« Il est limité pour chaque genre à trois ouvrages nouveaux à compter de la signature du présent contrat. »

L'adjudant resta pendant quelques secondes silencieux, puis reprit, en se tournant vers Cyrille :

— C'est bien ce que vous disiez : Sabine Servier était sous contrat pour quatre ouvrages chez Gondrand-Larrivière. Je ne comprends donc pas la lettre des éditions Lecouvreur.

Il prit le second contrat, repéra l'article 10 et poussa une exclamation :

— La réponse, là voilà ! Ici, l'article 10 est purement et simplement rayé. Dans cet exemplaire-ci, il n'y a pas de droit de préférence ! Et pourtant, les signatures sont les mêmes, les paraphes les mêmes en face des articles et en bas de chaque page...

— Et la date ?

— La date est la même. C'est à n'y rien comprendre !

— La page a peut-être été photocopiée avant que ce fameux article ne soit supprimé. Certains photocopieurs sont maintenant tellement perfectionnés...

Guillaume s'était approché de la fenêtre et examinait à son tour les contrats.

— Il ne me semble pas...

— Dans ce cas, je demande qu'on m'explique. Gondrand-Larrivière aurait signé deux contrats, et deux contrats différents pour une même œuvre et le même jour ? Je redoute le coup fourré. Il me faut prendre contact immédiatement avec Mme Gondrand-Larrivière.

Puis, se tournant vers Cyrille :

— Je vous ai demandé de nous accompagner ici pour vérifier quelque chose. Quelque chose qui me tracasse depuis le début de l'enquête...

Il chercha dans la pile de dossiers accumulés sur le bureau les chemises de carton fort contenant l'état successif des manuscrits de Sabine Servier.

— Je suppose que vous connaissez l'écriture de Sabine ?

— Je n'ai pas eu l'occasion de la voir souvent, mais il me semble, oui, il me semble que je pourrais la reconnaître.

Terrail lui soumit d'abord les cahiers contenant la première version manuscrite des *Raisins sauvages*.

— Ça, l'écriture de Sabine ? Sûrement pas ! La sienne est beaucoup plus serrée, bien davantage pattes de mouche.

— Et celle-ci ?

L'adjudant ouvrit la chemise contenant le nouveau roman, cette fois tapé à la machine, avec des ajouts en marge, dus à deux écritures différentes.

— Là, c'est l'écriture de Sabine, dit Cyrille. Là, nous retrouvons l'autre écriture, celle du manuscrit.

— C'est bien ce que je pensais, dit Terrail. Une idée qui m'était venue, comme ça, l'autre jour. La lettre des éditions Lecouvreur me le confirme, et votre témoignage aussi. Cette fois, j'ai enfin l'impression que notre enquête progresse.

Sarah Gondrand-Larrivière tendit à l'adjudant les deux hebdomadaires où deux articles étaient cochés en rouge.

— Lisez ! dit-elle.

C'était la première fois qu'il la voyait hors d'elle, presque au bord de la crise de nerfs. Même au moment où elle avait appris la mort de son mari, même quand elle s'était penchée sur son cadavre, elle avait mieux su dissimuler son désarroi.

Terrail prit les deux hebdomadaires qui ne devaient être dans les kiosques que le lendemain, ne fut pas surpris qu'elle les eût déjà en sa possession. Cette fois encore, de gros titres barraient la une du *Flamboyant* et du *Sélect*. Le *Flamboyant* titrait :

LE SECOND ROMAN DE SABINE SERVIER
PARAÎTRA EN SEPTEMBRE
AUX ÉDITIONS LECOUVREUR.

« *Ainsi que nous le laissions prévoir la semaine dernière, le second roman de Sabine Servier, annoncé pourtant par les éditions Gondrand-Larrivière, sortira bientôt des presses des éditions Lecouvreur. En effet, le jeune éditeur de la rue du Cherche-Midi a réussi à amener dans son écurie la plus célèbre mais aussi la plus secrète des jeunes romancières de notre temps. Nul doute que ce roman, de très grande qualité, affirme-t-on, et qui s'imprime quelque part en province, constituera un des événements majeurs de la saison littéraire. Les dynamiques éditions Lecouvreur se sont assuré l'exclusivité des œuvres de Sabine Servier, morte tragiquement et dans des circonstances pour l'instant mystérieuses la semaine dernière.*

« Interrogée par nos soins, la direction des éditions Gondrand-Larrivière se montre très surprise. " Nous avons un contrat en bonne et due forme ", nous a-t-on déclaré. " Et nous faisons les plus extrêmes réserves quant à la suite à donner à cette affaire. "

« Coup de publicité, bluff ou sombre histoire de droits d'auteur ? Quoi qu'il en soit, les remous qui ne manqueront pas de se produire autour de cette affaire, ainsi, hélas ! que la mort brutale de la jeune romancière vont, à n'en pas douter, faire de ce nouvel ouvrage un énorme succès de librairie. »

Terrail posa le numéro du *Flamboyant* sur le bureau de Mme Gondrand-Larrivière et, sans faire de commentaire, s'empara du *Sélect* qui, lui aussi, donnait dans un sensationnel qui se voulait non conformiste.

LA VIE SECRÈTE DE SABINE SERVIER

« On le sait, le premier roman de Sabine Servier a propulsé au premier rang de l'actualité littéraire une jeune romancière aussi originale que discrète.

« La grande presse et les médias ont tracé de Sabine Servier un portrait somme toute conventionnel et si l'on n'a pas pleuré dans les chaumières sur le sort de cette orpheline venue tout droit de sa sage province, c'est qu'en notre époque sans douceur les contes de fées trouvent de moins en moins d'oreilles complaisantes.

« Vendredi dernier, Sabine Servier a été assassinée dans des circonstances qui demeurent très mystérieuses, lors d'un concert offert à 200 privilégiés par le célèbre homme de presse Gondrand-Larrivière dans sa somptueuse résidence

167

du Gâtinais. La nuit même, le célèbre éditeur était égale-
ment trouvé mort, victime, a-t-on dit, d'un infarctus.

« Si l'on en croit les confidences de l'attachée de presse
de la maison, Sabine Servier, auteur fétiche des éditions
Gondrand-Larrivière, écrivait un second roman, que l'on
attendait avec intérêt.

« Or, dans le même temps qu'elle disait travailler à ce
nouveau roman, la jeune romancière signait avec la
maison rivale des éditions Gondrand-Larrivière, les édi-
tions Lecouvreur, pour un roman qui serait déjà sous
presse.

« Cette information éclaire d'un jour nouveau l'assassi-
nat de Sabine Servier, non loin de la résidence de son
premier éditeur. Et si cet assassinat était lié à une peu
reluisante affaire d'édition ? On ne peut s'empêcher de se
poser des questions. La révélation brutale du lâchage de
Sabine Servier est-elle responsable de la mort, par infarctus,
de Gondrand-Larrivière ? Quand donc la justice, qui
demeure particulièrement discrète depuis le début de l'af-
faire, se décidera-t-elle à lever un coin de voile ? Le silence
de la gendarmerie nationale, chargée de l'enquête, est de
nature hélas ! à nourrir toutes les suppositions. Et les
rumeurs les plus incontrôlées commencent à courir les
salles de rédaction. Ce qui n'est sain ni pour la justice ni
pour le monde de l'édition.

« La rédaction du Sélect *effectue elle-même sa propre*
enquête et nul doute que, dans notre prochain numéro,
nous ne soyons en mesure d'apporter de nouvelles et
troublantes révélations sur cette affaire scandaleuse à plus
d'un titre. »

L'adjudant posa l'hebdomadaire sur le bureau. Si
Mme Gondrand-Larrivière s'attendait à une réaction bru-
tale de sa part, elle fut déçue. Terrail hocha la tête tandis
que, fébrile, elle demandait :
— Alors, qu'est-ce que vous pensez de ça ?
Très calme en apparence, il dit lentement :
— Du bluff ! Dieu sait que je suis pour la liberté de la

presse, mais il y a des moments où je me demande si un code de déontologie ne devrait pas être édicté. Rien n'est pire que l'insinuation malveillante. Mais c'est vous qui allez éclairer ma lanterne. Si l'information est vraie, comment un auteur peut-il signer chez deux éditeurs en même temps ?

— Impossible, bien sûr.

Elle ouvrit un tiroir, en tira un contrat semblable à celui que l'adjudant avait découvert dans les dossiers de Sabine Servier.

— Voici un contrat type. Vous remarquerez qu'en page 4 il contient un article intitulé « droit de préférence ».

Il l'interrompit.

— Je sais. Avez-vous retrouvé le contrat qu'avait signé avec vous Sabine Servier ?

— Hélas ! non. Pas plus que celui que nous lui avions signé pour son second roman, parce qu'elle nous avait demandé une avance sur droits. J'ai d'abord cru à une erreur de classement, mais toutes nos recherches n'ont donné aucun résultat. Vous le savez, même si je dirige plusieurs collections dans la maison, je ne m'occupais pas jusqu'à présent des problèmes d'intendance.

— Qui les rédigeait, ces fameux contrats ?

— Le contrat type est imprimé. Une secrétaire n'a donc qu'à remplir les parties restées en blanc, c'est-à-dire le nom de l'auteur et son adresse, ainsi que les conditions. Cela demande quelques minutes. Ces contrats signés sont rangés dans les dossiers des auteurs. Il est bien rare qu'ils en ressortent.

— Qui, chez vous, est chargé de les suivre ?

— Xavier Brandon. Pas plus que moi, il ne comprend ce qui a pu se passer. Les contrats signés ont été rangés dans le dossier Sabine Servier. Selon lui, ils n'ont pas été consultés depuis.

— Et vous avez signé ce contrat sans avoir le manuscrit ?

— Oui. Faire confiance à un auteur a toujours été la

ligne de conduite de mon mari. En l'occurrence, il a eu tort. Etant donné que Sabine avait touché des droits d'auteur importants pour son premier roman, nous n'avons pas compris son soudain besoin d'argent. Pourtant, nous avons signé ce contrat et nous avons versé l'à-valoir. Nos services comptables peuvent vous dire à quelle date exactement et même vous indiquer le numéro du chèque.

— En même temps, Sabine Servier aurait signé avec les éditions Lecouvreur. J'imagine que là encore des droits importants lui ont été versés ?

— Sans doute. Mais je ne comprends pas. Le pot aux roses découvert, qu'aurait fait Sabine ?

— Vous avez pris contact avec votre confrère ?

— Notre avocat l'a fait. Le contrat signé par Sabine avec Lecouvreur est un contrat en bonne et due forme. Cela s'est passé très récemment.

— Et le manuscrit a été remis ?

— Oui. Et c'est là où l'affaire se complique. Si j'en crois la presse, ce manuscrit serait actuellement à la composition. A nous, Sabine disait qu'elle ne l'aurait pas terminé avant fin août. Nous n'avions aucune raison de nous inquiéter de son retard. Les moyens de fabrication d'un livre sont maintenant tellement sophistiqués qu'un livre peut être composé et imprimé en quelques jours. Je ne vois qu'une explication plausible : Sabine a fourni aux éditions Lecouvreur un manuscrit écrit avant *Les raisins sauvages*. Mais pourquoi ne pas nous l'avoir proposé à nous ? Ce qui est encore plus troublant, c'est que Lecouvreur prétend n'avoir jamais vu Sabine et avoir traité avec elle par l'intermédiaire d'un agent littéraire.

— Dans ce cas, il doit être possible de prendre contact avec cet agent littéraire.

— Pas si facile ! Cet agent n'était pas autre chose qu'un intermédiaire. Le courrier était adressé directement à Sabine, rue Guisarde.

— Je sais. Mais enfin, les éditions Lecouvreur doivent bien connaître le nom de cet intermédiaire ?

— Si notre confrère ne nous a pas dupés, cet intermédiaire ne se serait manifesté que par téléphone. Et le manuscrit lui a été adressé par la poste.

— C'est insensé ! Et cela ne lui a pas paru étrange ?

— Pas forcément. J'ai vu des coups plus tordus réussir. Je ne mets pas en doute la crédulité de mon confrère, sinon sa naïveté. Que ne ferait-on pas quand on flaire la bonne affaire ! Vous savez, les caprices des romanciers sont parfois aussi saugrenus que ceux des stars du grand ou du petit écran. Je ne vous dirai pas le nom de la romancière, très célèbre, qui exigeait de son éditeur qu'il lui fournisse des rames de papier de couleur verte sous prétexte que le vert ne fatigue pas les yeux !

— Et cet agent fantôme, cet intermédiaire, c'était un homme ou une femme ?

— C'était une femme.

— Avez-vous rencontré quelqu'un des éditions Lecouvreur ?

— Bien sûr que non ! Comment l'aurais-je pu ? Tout m'est tombé sur la tête en même temps : la mort de mon mari, l'assassinat de Sabine, l'annonce de cette publication pirate. Les renseignements que je viens de vous donner, je les ai obtenus il y a moins d'une heure, par l'intermédiaire de Me Bersetton. Si je ne retrouve pas les contrats signés par Sabine, je serai réduite à l'impuissance, puisque depuis longtemps les contrats ne sont plus enregistrés.

Terrail fut sur le point de lui révéler ce qu'il venait d'apprendre rue Guisarde sur ces fameux contrats, mais il préféra s'abstenir. Tant qu'il ne serait pas sur une vraie piste, il entendait garder les atouts — rares —, qu'il possédait.

— Considérez-vous comme possible qu'on vous ai volé ces contrats ?

— Ça me paraît invraisemblable, inconcevable, mais il me faudra peut-être me faire à cette idée. Aucune

171

porte, aucune serrure n'a été forcée. Même pendant le temps où le cercueil de mon mari a été exposé dans le hall, et il y a eu de ce fait beaucoup de remue-ménage dans la maison, je vois mal quelqu'un s'introduire dans le bureau de Maxence, et fouiller dans ses classeurs. S'il y a eu vol, force m'est d'admettre que ce vol n'a pu être commis que par quelqu'un de la maison. C'est difficile à concevoir, c'est cruel même, puisque ce matin encore j'aurais pu vous dire que je réponds de tous ceux qui m'entourent comme de moi-même. Mon mari et moi aurions-nous pu être aveugles pendant si longtemps?

— Vous avez des soupçons?

— Pas le moindre. Nos plus proches collaborateurs, qui servent fidèlement nos intérêts depuis si longtemps, sont très attachés à notre maison. Mais nous avons dû licencier et pas mal ces temps derniers à cause de la baisse des ventes de deux de nos hebdomadaires...

— Une vengeance? Quelqu'un qui aurait perdu sa place?

— Difficile à admettre aussi. Et je ne vois pas avec qui Sabine était assez liée pour susciter pareille complicité. Non, le coup ne peut venir que de quelqu'un associé de près à nos services éditoriaux. Mais je le répète, comment relier ce vol à la mort affreuse de Sabine et de Maxence?

— Votre mari n'aurait-il pas pu découvrir ce que les deux hebdomadaires à scandale étalent en première page?

— Vous voyez Maxence assassinant Sabine, la transportant ensuite au cimetière du Bignon-Mirabeau, pour revenir mourir d'émotion dans sa chambre?

— Il aurait pu avoir une scène violente avec quelqu'un dont nous ne connaissons toujours pas l'identité...

— Et ce quelqu'un serait ensuite aller assassiner Sabine? Ne m'avez-vous pas dit que, d'après les rapports d'autopsie, la mort de Sabine et celle de Maxence remontent l'une et l'autre à peu près à la même heure...

— A dix, quinze minutes près, oui. Les rapports

d'autopsie ne sont jamais si précis. Et on peut en faire des choses, en un quart d'heure...

En contradiction avec lui-même et avec ce qu'il disait, Terrail ne croyait guère à cette interprétation des faits. Si déçu que l'éditeur ait pu être par la trahison de Sabine, si furieux, aussi, qu'il fût, il le voyait mal l'assommant, alors que l'exploitation du scandale, le procès qu'il aurait forcément gagné, seraient publicitairement une excellente affaire. De plus, Gondrand-Larrivière n'était pas homme à se laisser aller à de tels excès. Tel, du moins, que les différents témoignages qu'il avait pu recueillir sur lui le dépeignaient : affable, courtois, d'une grande urbanité.

Sarah Gondrand-Larrivière réfléchissait, la tête dans les mains. Enfin, elle dit :

— Vous m'avez demandé si je n'ai pas rencontré quelqu'un des éditions Lecouvreur. Et je vous ai dit non. A la réflexion, quelque chose me frappe. Tous nos confrères m'ont témoigné leur sympathie à la mort de Maxence, soit en assistant à ses obsèques, soit en me téléphonant ou en m'écrivant. Rien des éditions Lecouvreur. Et pourtant, nous entretenions avec elles de bonnes relations. Autre chose, de plus troublant encore, c'est que Lecouvreur n'ait jamais pris contact avec nous pour savoir quels étaient nos rapports avec Sabine Servier. Si les éditeurs se mettent à se voler leurs auteurs, où allons-nous ?

— Mais vous-même...

Elle l'interrompit, agacée :

— Je vous l'ai dit, je l'ai fait par l'intermédiaire de Me Bersetton. Je reconnais que ce n'est peut-être pas la meilleure manière. Mais je suis une impulsive et les articles du *Flamboyant* et du *Sélect* m'ont mise hors de moi. De plus, mon avocat s'est heurté à une fin de non-recevoir polie mais ferme.

Terrail se leva. S'il ne voulait pas tourner en rond, il se devait de prendre des décisions rapides. Dans le hall des éditions Gondrand-Larrivière, il se tourna vers Guillaume et vers Pagès.

— Nous allons aux éditions Lecouvreur. Sans nous faire annoncer. Si, comme j'en suis de plus en plus persuadé, cette histoire est pleine de coups fourrés, nous jouerons de l'effet de surprise.

Les éditions Lecouvreur, du moins s'il en croyait l'aspect extérieur de l'immeuble qui les abritait, étaient d'une importance à peu près égale aux éditions Gondrand-Larrivière. Sauf que là, aucun puissant groupe de presse ne venait les épauler. La fausse starlette enfermée dans la cage de verre de l'accueil resta bouche entrouverte, sa pointe feutre entre les doigts, quand elle vit les trois gendarmes en uniforme dans l'entrée. Sans doute cette intrusion constituait-elle pour elle un spectacle insolite car elle oublia pendant quelques secondes de leur demander ce qu'ils désiraient.

— M. le directeur ? Je ne sais pas s'il est là. Qui dois-je annoncer ?

Le directeur était là. Il vint lui-même au-devant des trois hommes.

— Je ne dirai pas que je vous attendais, mais votre visite ne me surprend pas. Si vous voulez bien vous donner la peine de vous asseoir...

Un ensemble moderne, mais pas moins luxueux qu'aux éditions Gondrand-Larrivière. Des rayonnages garnis de livres, une bibliothèque et un très vaste bureau de hêtre noir ; au mur une toile abstraite, dans un camaïeu de bleu.

Richard Lecouvreur avait semblait-il à peine dépassé la trentaine. Une fausse apparence de play-boy décontracté et un regard d'acier, d'un bleu sombre, sous des cheveux clairs savamment décoiffés en épis. Ses longues mains se servaient d'une règle en plastique transparent comme un chef d'orchestre d'une baguette. Une certaine mollesse dans le menton, que Terrail remarqua aussitôt lui qui, d'emblée, trouvait le point faible de ses interlocuteurs. Richard Lecouvreur avait la voix claire, un peu sèche.

— J'imagine que vous venez me parler de Sabine Servier ? Les journalistes ne cessent de m'appeler depuis que le *Flamboyant* a annoncé que j'allais publier son nouveau roman. J'avoue que cette indiscrétion, qui n'est pas de mon fait, me prend de court. Je suis un éditeur sérieux, je n'aime pas les coups médiatiques et je tiens à l'image de marque de ma maison. Dans cette affaire, j'avoue aussi avoir été entraîné presque malgré moi. Mais qui résisterait à la perspective de tirer à 200 000 ou 300 000 exemplaires ?

— J'aimerais que vous me disiez d'abord comment vous êtes entré en relation avec Sabine Servier.

— Quelqu'un nous a appelés de sa part et a demandé notre direction littéraire. Nous avons d'abord cru à une plaisanterie de mauvais goût quand cette personne nous a proposé d'emblée de publier le prochain roman de Sabine Servier. Nous avons évidemment demandé à réfléchir. Notre directeur littéraire a prié cette personne de nous laisser son numéro de téléphone et elle a répondu qu'elle était souvent absente, qu'elle était allergique au répondeur. Elle préférait nous rappeler. Nous sommes alors convenus d'un jour et d'une heure.

— Et elle a appelé ?

— Oui.

— Vous l'avez donc reçue ?

— Non. Nous avons tout traité par téléphone et par courrier. Aujourd'hui, après les événements qui se sont produits, cela peut vous paraître étrange, invraisemblable, d'une incroyable légèreté, mais c'est ainsi. Cet agent littéraire occasionnel, car elle ne figure sur aucune liste, nous a dit que Mlle Servier était en plein travail et qu'elle l'avait chargée de toutes les démarches fastidieuses. Nous avons été surpris et puis nous avons fini par admettre que c'était peut-être logique, étant donnée la réputation de Mlle Servier.

— Sa réputation ?

175

— Oui, sauvage, irascible même, refusant les interviews, ne s'intéressant qu'à l'écriture. Sujette aux caprices, aussi. L'essentiel était qu'elle nous remette son manuscrit dans les délais, que le contrat soit signé et que nous puissions préparer dans un temps raisonnable le lancement de son livre. En ce qui concerne le contrat, je précise que l'intermédiaire en a discuté les termes article par article avec une âpreté qui nous a surpris. Mais ces exigences faisaient en quelque sorte partie du jeu. Je ne vous cacherai pas que, plusieurs fois, nous avons été sur le point de renoncer.

— Le manuscrit vous est donc parvenu...

— Par la poste. Nous l'avons lu immédiatement. Il était très différent du premier roman de Sabine Servier, à la fois dans son inspiration et dans son écriture. Un certain climat, aussi, très nouveau. De toute façon, c'était une œuvre de qualité.

— L'affaire sur le point de se faire, n'avez-vous pas été tenté de prendre contact avec les éditions Gondrand-Larrivière ?

— La personne chargée des intérêts de Sabine Servier avait exigé le secret le plus absolu. De notre côté, cet aspect mystérieux de la chose nous excitait assez. Le coup publicitaire aussi, pour une fois. Ne rien révéler de notre projet, ne pas annoncer à l'avance la publication du livre et, le jour J, livrer toutes les librairies de France en même temps et lancer une grande campagne de presse une semaine après. Si le procédé est rarement employé, nous n'innovions pas cependant : l'éditeur du général de Gaulle avait procédé ainsi pour le lancement du premier tome de ses mémoires.

Il eut un geste de la main et un rire qui lui allait bien, en ajoutant, faussement modeste :

— Toutes proportions gardées, bien entendu !

— Je suis surpris. Vous n'avez pas songé à vous assurer que Sabine Servier n'était pas sous contrat chez Gondrand-Larrivière ?

— Bien sûr que si ! Mais elle nous a adressé une

photocopie de son contrat. Le droit de préférence n'y était pas mentionné.

— Pouvez-vous me montrer cette photocopie ?

Elle était évidemment conforme à l'original que les gendarmes avaient trouvé dans les papiers de la romancière.

— Son manuscrit, vous l'avez ici ?

— Nous l'avons.

— Puis-je le voir ?

Richard Lecouvreur hésita. Puis il hocha la tête, fataliste.

— L'original est à la composition, mais sans le nom de l'auteur. Voyez jusqu'à nous avons poussé la discrétion : les pages de titre et la couverture ne devaient être imprimées qu'à la dernière minute. Pour que le nom de l'auteur reste secret jusque-là.

— En fonction, j'imagine, des exigences de l'auteur ou de ce qu'à plus ample informé nous appellerons son agent ? Cela ne vous a pas surpris, pas paru suspect ?

— Les caprices des romanciers, vous savez... Qui pouvait prévoir la mort de Sabine Servier et celle de Gondrand-Larrivière ? Cela faisait partie d'un jeu dont nous n'avions certes pas toutes les règles, mais que nous nous étions engagés à jouer. Depuis quelques jours, bien sûr, nous mesurons toutes les conséquences de ce lancement inhabituel. Mais il est trop tard pour faire machine arrière...

L'éditeur ouvrit un tiroir fermé à clef, tendit à l'adjudant une chemise en carton rouge.

— Voici une photocopie du manuscrit.

Terrail le feuilleta. A première vue, ce manuscrit n'avait pas été tapé sur la machine qu'il avait vue dans le studio de la rue Guisarde.

— Je vous l'emprunte pour quelques jours.

Une nouvelle objection, puis une timide objection :

— Pour les besoins de votre enquête ?

— Je vous restituerai très vite ce manuscrit, ou je

vous en donnerai décharge s'il devient pièce à conviction.

— Pièce à conviction ?

— Je ne peux pas vous en dire plus pour l'instant. Je suppose que vous avez d'autres photocopies ?

— Oui.

— Savez-vous d'où proviennent les révélations de la presse à scandales ?

Lecouvreur perdit de son calme.

— Elles ne sont pas de notre fait, je vous le répète. Lorsque nous avons appris la mort de Sabine Servier et de notre confrère Gondrand-Larrivière, nous avons eu une réunion de travail, mes collaborateurs et moi. Et nous avons pris je crois une sage décision, celle de ne rien changer à ce qui avait été décidé. Sauf à hâter la sortie du livre. Il faut nous comprendre...

— Ces informations intempestives, il a bien fallu que quelqu'un les donne aux journaux à scandales !

— Depuis la publication des deux articles, nous sommes sur les dents et nous nous posons des questions, en vain. Nous avons bien évidemment appelé la rédaction du *Flamboyant* et du *Sélect* qui, je le précise, ne nous ont jamais interrogés sur la véracité de leurs informations. Les rédacteurs en chef de ces deux publications se sont retranchés derrière le secret professionnel. Ces indiscrétions, et le mot est faible, ont trouvé leur source ailleurs que chez nous. Nous nous sommes interrogés : les renseignements n'ont pu être fournis que par Sabine Servier avant sa mort, mais cela paraît difficilement concevable puisqu'elle-même avait exigé le secret. Alors, par la personne qui a servi d'intermédiaire entre elle et nous ? Les raisons d'une telle décision continuent à nous échapper.

— Je voudrais que vous me remettiez aussi une photocopie du contrat que vous avez signé avec Sabine Servier ou du moins celle de la dernière page où figure la signature et la mention « lu et approuvé » écrite de la main de Sabine Servier

— Je vais faire moi-même la photocopie de cette page et je vous l'apporte.

Terrail rangea la photocopie et le manuscrit dans sa sacoche. Sur le seuil du bureau, il se retourna :

— En ce qui concerne la publication du roman, où en êtes-vous ?

— L'imprimeur attend que je lui confirme l'ordre, pour le tirage.

— Si j'avais un conseil à vous donner, ce serait celui-ci : attendez. Ainsi, vous ne courrez pas de risques. Une dernière question : depuis la mort de Sabine Servier, avez-vous reçu un coup de fil ou une lettre de la personne qui se dit l'agent de Sabine Servier ?

— Non, et cela nous a surpris. Notre dernière lettre, nous l'avons adressée à Sabine Servier, rue Guisarde. Elle est partie le jour même de sa mort.

— Je sais, elle est dans le dossier. Si vous avez à me joindre, voici l'adresse et le numéro de téléphone où vous pourrez laisser un message.

Cette enquête-hydre commençait à désespérer Terrail. Il avait pourtant, confusément, l'impression de progresser. Il ne savait pas que bien des surprises l'attendaient encore.

L'affrontement ne dura que quelques secondes. Ce fut Mme Gondrand-Larrivière qui baissa la première son regard.

— Je vous demande de convoquer immédiatement vos collaborateurs, dit Terrail. Tous ceux qui, de près ou de loin, ont accès aux dossiers des auteurs.

Effarée, Sarah Gondrand-Larrivière prit sa tête dans ses mains.

— Vous allez procéder à une confrontation ?

Il sourit, pour la rassurer.

— Seul le juge d'instruction peut procéder à ce que vous appelez une confrontation. Moi, je vais simplement me livrer à une petite expérience.

Il la qualifiait mentalement de dernière chance, cette expérience, mais se garda bien de le dire. Et la chance, n'était-elle pas avec lui quand il avait aperçu par hasard sur le bureau de Mme Gondrand-Larrivière une note dont il avait immédiatement identifié l'écriture ? Simple formalité, il avait alors prié l'éditrice de lui remettre, à l'insu des intéressés, une note manuscrite de chacun de ceux qui avaient gravité de très près dans l'orbite de son mari. Un coin du voile était maintenant levé. Un coin seulement. Mais affirmer est une chose, obtenir des aveux une autre, plus ardue. Il ne voulait pas courir le risque, en se hâtant de conclure, de faire capoter son enquête.

Ce qui le frappa tout d'abord, ce fut le manque de naturel de tous ces gens qui, depuis le début, jouaient devant lui, sous un masque de désinvolture, d'indifférence, de fausse candeur ou d'insolence un rôle dans lequel ils avaient les uns et les autres du mal à s'insérer. Il les regarda l'un après l'autre et dit d'une voix qui se voulait assurée :

— Je sais maintenant pourquoi on a assassiné Sabine Servier et pourquoi on a tenté d'assassiner Maxence Gondrand-Larrivière. Les différentes investigations auxquelles nous nous sommes livrés, mes collègues et moi, nous ont toutes conduits à penser que l'assassin se trouve parmi vous. Si malin qu'il soit, il a laissé derrière lui des traces qui vont le confondre. Je lui donne une dernière chance de s'en tirer au mieux, d'autant qu'il pourrait invoquer des circonstances atténuantes, peut-être de très larges circonstances atténuantes. Avouer aujourd'hui, ce serait s'attirer une certaine compréhension de la part des jurés, qui pourraient comprendre. Nous rentrons à la caserne Exelmans, où nous serons de midi à 17 heures. Voici le numéro où l'on peut me joindre.

A mesure qu'il parlait, il mesurait la naïveté, la vanité, aussi, de son coup de bluff. Il récitait, mal, un mauvais texte, dans un mauvais rôle, d'une invraisemblable pièce. Mais que lui importait les regards narquois de certains si, au bout du compte, il avait une chance, fût-elle minime, de faire jaillir la vérité ? La machine mise en marche, il ne pouvait plus l'arrêter. Il reprit, avec la conviction de se contredire, presque de démentir ce qu'il venait d'affirmer :

— J'ai l'impression que certains d'entre vous m'ont, volontairement ou non, caché certaines choses. Quand on témoigne, on peut oublier des détails. Et ces détails, même insignifiants en apparence, peuvent avoir de l'importance. Je vous promets d'observer la plus grande discrétion sur ce qui pourrait m'être dit.

L'appel à la délation, c'était ce dont il avait le plus horreur. Et pourtant...

Il s'assura que tous avaient bien pris note du numéro de téléphone, puis il resta seul avec Mme Gondrand-Larrivière, Pagès et Guillaume le devançant à la caserne Exelmans. Il lui parla un long moment. Elle ne fit aucun commentaire et il ne lui demanda pas son avis. Sans doute pensait-elle comme lui : pourquoi solliciter d'ultimes témoignages quand on prétend avoir cerné le problème, quand on est si sûr de soi ? Trouvait-il ses collaborateurs si naïfs pour tomber dans un panneau aussi grossier ? Il fut sur le point de lui dire que semer le doute, simplement semer le doute dans la tête du coupable, le persuader qu'il était vulnérable, et que, quelque part, quelque chose le menaçait, ne serait-ce pas déjà, marquer des points ? Le reste pouvait venir tout seul.

Comme il l'avait prévu, il parvint à la caserne Exelmans à 12 heures et, après avoir très sommairement déjeuné, il s'installa dans le bureau qui lui avait été attribué. Puis il téléphona à Guillaume et à Pagès pour les prier de le rejoindre. Devoir attendre jusqu'à la fin de l'après-midi ne l'inquiétait pas. Il avait des notes à classer, des rapports à relire et surtout, surtout, à faire le point avec les deux officiers de police judiciaire.

Il reposa les dossiers sur son bureau. Sans être pessimiste, il désespérait de jamais comprendre quelque chose à ce milieu de l'édition, avec ses coutumes et ses mœurs, étranges pour le non-initié qu'il était. Il voyait des personnages s'agiter derrière un mur de verre, s'agiter, parler, et lui ne les entendait pas.

Il faisait très chaud dans le petit bureau ; il avait du mal à s'habituer à cette touffeur qui accablait Paris et qui continuerait à peser tard dans la soirée, à l'absence totale de vent, à ce Paris des vacances en proie aux étrangers.

Le doute ne lui était plus permis et, pourtant, il ne pouvait s'empêcher de trouver incertaine, voire incongrue la situation où il s'était enfermé. Au centre malgré lui d'un univers aux contours flous, plus tellement sûr de pouvoir maîtriser tout à fait la situation dans un avenir proche, il avait longtemps hésité à proposer à ses deux collègues la petite mise en scène capable, selon lui, de sortir son enquête de l'impasse.

— Pourquoi ne pas poursuivre les auditions? dit Guillaume. Vous avez maintenant la possibilité de frapper un grand coup...

— Et je cours le risque de n'obtenir qu'une partie de la vérité. Une chose est d'avoir la confirmation du nom de la personne dont l'écriture apparaît presque à chaque page des manuscrits de Sabine Servier, une autre de convaincre son auteur d'assassinat.

En réalité, mais il ne voulait pas l'avouer, il se sentait de moins en moins à l'aise dans ces auditions qui tournaient en rond même si chacune, petit morceau par petit morceau, lui apportait des parcelles de vérité. Plus il avait l'impression de les mieux connaître, plus il avait du mal à comprendre les motivations et le comportement de ces gens de l'édition que les hasards d'une enquête pour lui hors du commun lui faisaient côtoyer pour la première fois.

Pourtant, il n'était pas mécontent de lui. A l'évidence, devant ceux qui, au début, le considéraient avec une certaine condescendance ironique, il n'avait pas toujours été à l'aise, mais son habileté avait été de les laisser dans leurs erreurs. Et l'erreur majeure, tous l'avaient commise en considérant que ce petit gendarme venu d'un village du Gâtinais de quelques milliers d'habitants ne faisait pas le poids. S'il avait tapé sur la table, s'il s'était énervé, il n'aurait réussi qu'à les cabrer sans que change pourtant l'opinion qu'ils avaient de lui. Au lieu de cela son calme, sa lucidité, son apparente placidité avaient fini par les piéger.

Maintenant, si réticents qu'ils fussent encore, ils

étaient pour la plupart en confiance, les innocents car ils n'avaient apparemment rien à lui cacher, le ou les coupables car il ou ils se croyaient hors d'atteinte. Il dit :

— Je ne vous cache pas qu'il va falloir jouer serré. Ce soir, nous serons peut-être bredouilles, et il faudra alors repartir de zéro. Ou de presque zéro...

— Ça urge d'autant plus, dit Pagès, qu'en haut lieu on commence à s'agiter...

— Je sais.

Le procureur de la République et le juge d'instruction lui avaient clairement laissé entendre qu'il risquait de se voir dessaisir du dossier au profit du S.R.P.J. d'Orléans s'il ne levait pas vite les ambiguïtés d'une affaire qui excitait de plus en plus l'imagination des médias, étant donnée la personnalité de Maxence Gondrand-Larrivière et de Sabine Servier.

— On fait le point. Nous avons trouvé deux contrats dans les papiers de Sabine Servier et les originaux de ces deux contrats ne se trouvent plus dans les dossiers des éditions Gondrand-Larrivière. Richard Lecouvreur a par ailleurs reçu de Sabine Servier la photocopie du contrat signé Gondrand-Larrivière et ne prévoyant pas de droit de préférence. Un faux qui n'en est pas un puisque la signature de Gondrand-Larrivière y figure. Nos experts en graphologie sont formels, cette signature est authentique.

— Mme Gondrand-Larrivière dit que son mari n'a pas pu signer ce contrat à son insu ! Et que c'est inconcevable.

— Mais pas impossible. Et si, pour des raisons que pour l'instant nous ignorons, Gondrand-Larrivière avait été contraint d'accorder après coup ce privilège exorbitant à Sabine Servier ? Un chantage peut-être ?

— S'il en était ainsi, il n'y aurait pas de raison que le contrat revu et corrigé ne figure pas dans les dossiers de l'éditeur !

— Notez que sa femme dit que c'est invraisemblable. Pour faire chanter quelqu'un, il faut avoir des arguments solides et elle ne voit pas de quelles armes pouvait disposer Sabine. Une débutante qui lui devait tout...

— Ne perdez pas de vue que Mme Gondrand-Larrivière écarte l'idée qu'il ait pu y avoir des liens autres que professionnels entre son mari et la romancière. Et je ne vois pas pourquoi elle nous cacherait la vérité..

La veille, ils avaient procédé à la saisie des documents entassés sur le bureau de Sabine Servier, rue Guisarde. Pour le plan que Terrail avait proposé aux deux officiers de police judiciaire, il importait que ces documents fussent à l'abri. Quitte ensuite à leur substituer des dossiers semblables d'aspect, mais ne contenant aucune des pièces essentielles à l'enquête. Si la personne suspecte réagissait comme l'adjudant le prévoyait, il suffirait aux trois gendarmes de se rendre en fin d'après-midi rue Guisarde et d'attendre. Le piège était gros, mais un coupable qui se croit démasqué perd souvent la tête et pare au plus pressé. Et le plus pressé n'était-il pas de s'emparer de ces documents compromettants dont Terrail avait parlé en fin de matinée aux collaborateurs immédiats de Maxence Gondrand-Larrivière ?

L'adjudant donna un coup de fil à sa brigade de Ferrières qui assurait sans problème les menues tâches quotidiennes. Tout allait bien dans la partie du Gâtinais dont il avait la charge. Il avait la nostalgie des champs de tournesols à perte de vue, des vols de canards sauvages sur les étangs du Béon, de la fraîcheur d'une campagne où, somme toute il faisait bon vivre.

Les trois hommes se firent conduire rue Guisarde. Personne ne les avait appelés à la caserne Exelmans et ce n'était pas pour les surprendre. Ils avaient une bonne heure devant eux pour examiner une nouvelle fois les lieux. Après avoir longtemps hésité, Terrail avait renoncé à faire apposer les scellés sur la porte. Maintenant que les documents capables de faire avancer l'enquête étaient en lieu sûr, les risques étaient pratiquement nuls. Et puis, jusqu'à l'avertissement très net de l'après-midi, le coupable n'avait aucune raison de s'aventurer dans un lieu où il serait facilement identifiable. Comment justifier sa présence ? Sans doute pensait-il que ces gendarmes peu au fait des mœurs littéraires ne sauraient pas faire un lien entre l'assassinat de Sabine Servier et les contrats contradictoires qui dormaient encore dans ses dossiers. A moins d'avoir affaire à un suspect machiavélique, Terrail, après des menaces cette fois très précises, pariait sur son affolement. Et quand on est affolé, ne prend-on pas tous les risques ? S'il avait vu juste, l'assassin de Sabine Servier ne pouvait pas ne pas se manifester. A moins, mais cela lui paraissait de plus en plus improbable, qu'il ne déjoue la ruse ? Dans ce cas, les gendarmes qui refusaient de s'en laisser conter se devraient de tenter autre chose. Devoir rajuster son tir n'était cependant pas du goût de l'adjudant.

Il avait soif mais s'interdisait, il ne savait au juste pourquoi, d'aller jusqu'au réfrigérateur de la cuisine. Il se décida cependant à demander à Guillaume de lui apporter une bouteille d'eau minérale.

— On récapitule, dit-il. Le manuscrit que possèdent les éditions Lecouvreur est complet. Il a été tapé sur une autre machine à écrire que celle que nous avons là sous les yeux. Or, le manuscrit que nous avons trouvé ici est inachevé. Et les cahiers sont raturés, surchargés par deux écritures différentes, notamment, et beaucoup, par celle que nous avons en principe identifiée. Ce qui est encore plus troublant, ce manuscrit est interrompu au même endroit que la frappe définitive. Est-ce que ça voudrait dire que quelqu'un d'autre aurait terminé le roman de Sabine Servier ? Ou alors, si elle a terminé ce livre, où se trouve la dernière partie ?

Guillaume dit à voix basse :

— Vous entendez ?

Un pas s'était effectivement arrêté dans le couloir ; sous la moquette, le parquet avait craqué de façon significative. L'adjudant fit un signe à Guillaume et à Pagès et les trois hommes se précipitèrent dans la cuisine. Une clef que l'on tourne dans la serrure en tâtonnant et ils entendirent la porte s'ouvrir. Terrail pensa aux romans d'aventures qu'il lisait enfant. A ce moment-là de l'action, les feuilletonnistes écriraient que les gendarmes retenaient leur souffle. Lui ne songeait ni à retenir son souffle ni à bondir. Lucide jusqu'à l'absurde, mais en ayant conscience, il se disait qu'il avait eu raison de jouer le tout pour le tout. Dans quelques minutes, il allait enfin savoir. Ou plutôt, il allait avoir la confirmation de ce qu'il pressentait.

Une silhouette qu'il distinguait mal à cause des rideaux de jute bien tendus sur leur tringle s'approcha du bureau. Une assez vive lumière jaillit d'une lampe-torche. Dans un attaché-case, il vit disparaître les faux dossiers que Guillaume et Pagès avait mis du temps à substituer aux vrais. Même rompu par le froissement des papiers, le silence était impressionnant. Il se dit cependant que la réalité restait banale et ne ressemblait en rien à la fiction. Nulle atmosphère tendue, nulle pendule dont le balancier rythme le temps, nulle musique qui aiguise le suspense et rend l'attente insupportable, comme dans certains films. Simplement, banalement, d'un côté, trois officiers de police judiciaire qui vont faire leur métier, de l'autre un adversaire qui ne sait pas que la partie est perdue pour lui. Un claquement sec, celui de l'attaché-case que l'on referme, une lampe-torche que l'on éteint et un pas léger qui marche vers la porte. Les doigts crispés sur le commutateur, Terrail donna de la lumière et dit d'une voix calme :

— Mademoiselle Barnier, fini de jouer. Posez donc là votre attaché-case et dites-moi ce que vous êtes venue récupérer de si précieux ?

Sa voix demeurait redoutablement douce. Il n'avait pas à juger, il ne jugeait pas, il constatait. Et il regardait sans joie, mais avec un immense soulagement, un visage sans maquillage qui se défaisait lentement, une lèvre qui frémissait et un regard qui se fixait sur lui, épouvanté et fasciné. Il savait bien que celle-là n'était pas de taille à se battre, à lui tenir tête, à tenter de s'enfuir ou de se jeter

187

sur la porte en hurlant. Celle-là, il le savait depuis qu'il l'observait, était de la race des victimes. Même si elle avait commis un crime, même si, peut-être, elle avait voulu en commettre un second. Des victimes sur qui le sort s'acharne. Et pourtant, de Sabine Servier ou de Sophie Barnier, laquelle avait eu le plus de chance au départ ?

Elle laissa tomber son attaché-case et il vit son visage soudain envahi par une sueur brillante. Il prit d'instinct le ton qu'il fallait et dit :

— Asseyez-vous.

Elle dégrafa le haut de son chemisier et, dans un geste qui pourrait paraître théâtral et qui ne l'était pas, elle enfouit son visage dans ses mains. Des sanglots la secouaient, mais Terrail savait bien qu'elle n'était pas de la race de celles qui gémissent ou qui crient. Pesant, le silence devint vite insupportable. Alors, parce que son instinct d'homme qui connaît toutes les misères humaines rejoignait celui de l'enquêteur, il dit avec une espèce de résignation :

— Je vais vous poser des questions et, si cela vous arrange, vous allez y répondre par oui ou par non, et même d'un simple geste de la tête si vous n'êtes pas en mesure de parler. C'est d'accord ?

Il avait peur, soudain, de son immobilité de statue, de ses mains qui refusaient obstinément de quitter son visage. Comme si elles constituaient un rempart à sa honte. Car elle avait honte, peut-être d'avoir fait ce qu'elle avait fait, peut-être de s'être bêtement laissé piéger, peut-être parce qu'elle ne savait pas réagir comme il convenait. Craignant d'être dupe, et sans doute aussi parce que l'attente lui était insupportable, il répéta sèchement :

— C'est d'accord ?

La tête s'inclina. Alors, il décida de changer de tactique et de tenter de faire tomber, en la braquant, son ultime résistance :

— Le roman de Sabine Servier, ces *Raisins sauvages*

188

qui lui ont valu d'être célèbre et de devenir presque une star de la littérature, c'est vous qui l'avez écrit, n'est-ce pas ?

Un insupportable silence et puis, brusquement, elle mit les mains à plat sur ses genoux, redressa la tête. Le visage très pâle, sans un frémissement, elle posa sur l'adjudant son regard clair. A cette seconde, il eut l'impression que ce regard ne voyait rien, qu'elle avait brusquement des yeux d'aveugle. Il insista :

— Elle, célèbre, et vous qui restiez une simple employée des éditions Gondrand-Larrivière...

Comme on se délivre, elle lança :

— C'est moi, oui. Tout au moins dans sa plus grande partie. Sabine en avait eu l'idée et elle m'en avait parlé, comme ça, un jour, comme si elle jouait. Elle a écrit très vite quelques pages et puis elle a renoncé. C'est moi qui me suis piquée au jeu, qui ai continué tous les soirs, jusqu'à remplir des cahiers. Dans une sorte de fièvre, d'état second. J'ai tapé le manuscrit, nous avons décidé qu'il serait signé Sabine Servier et, un jour où elle était en déplacement en province, elle l'a envoyé elle-même aux éditions Gondrand-Larrivière. Vous me direz que j'aurais pu le déposer moi-même, mais non, nous voulions jouer complètement le jeu. Le manuscrit a été très vite accepté et, quand le succès a commencé à venir, l'attitude de Sabine envers moi a changé du tout au tout.

L'aveu vint quelques secondes plus tard, après que le silence insupportable eut une nouvelle fois pesé.

— A l'époque, nous vivions ensemble. Sabine était tout pour moi et j'étais tout pour elle.

Encore un silence, et puis la voix faiblit :

— Je me fais bien comprendre ?

Ce fut à l'adjudant d'incliner la tête sans répondre.

— Nous vivions ensemble, nous étions heureuses, elle d'être le mannequin que les publicitaires sollicitaient de plus en plus, moi de veiller à la publication d'un livre que je lui avais en quelque sorte donné, puisqu'elle ne l'avait pas écrit et qu'il allait porter son nom...

— Pourquoi a-t-elle voulu cacher qu'elle était mannequin ?

— Les raisons qu'elle m'a données m'ont paru
d'abord très valables. Avec ce roman, elle prétendait être
devenue quelqu'un d'autre. Elle pensait, et il me semble
que là elle n'avait pas tort, que jouer à la petite
provinciale godiche naïve et secrète séduirait davantage
les médias habitués à voir les vedettes devenir écrivains
à succès en faisant écrire leurs livres par des nègres.

— Mais elle n'avait pas peur, et vous n'aviez pas peur,
que la vérité soit un jour connue ?

— Nous avons tous été complices. C'était devenu
presque un jeu, d'ailleurs, chacun ajoutant un détail
pour rendre la chose plus crédible. Et puis, Sabine disait
que si la vérité était un jour connue, le tapage fait autour
de la révélation relancerait la vente du livre.

Sophie Barnier passa lentement les mains sur son
front, avant de dire, d'une voix changée :

— Il y a autre chose, que j'ai su un peu plus tard.
C'était Barbara, le mannequin vedette de l'agence, qui
l'avait fait engager chez Cetra. Sabine n'a jamais voulu
me dire ce qu'il y avait eu entre elles, mais quand
Barbara s'est mariée avec son Américain richissime et a
quitté la France, Sabine a perdu le goût de son métier. Je
l'avaie connue un peu avant, pour mon malheur.
L'amour rend aveugle. Quelle commune mesure pouvait-il bien y avoir entre la somptueuse Barbara et moi,
la petite secrétaire d'édition ? Il suffit de me regarder...
C'est peut-être mon côté chien battu, mon côté chien
fidèle, aussi, qui a touché Sabine. Nous nous sommes
rencontrées presque par hasard à l'agence Cetra, où
j'avais accompagné un de nos auteurs pour choisir des
photos destinées à un album sur la mode... Et puis, je
crois que Sabine ne voulait pas que Barbara apprît
qu'elle écrivait ou plutôt qu'elle signait des livres. Une
espèce de pudeur ou autre chose. Allez savoir...

— Ce livre que vous avez écrit, vous n'avez pas été
tenté de le signer ?

— C'était Sabine qui en avait eu l'idée. Et puis j'y voyais... comment dire ?... comme une preuve d'amour de ma part. Je lui offrais peut-être la gloire. Je ne savais pas que je la condamnais, comme je me condamnais moi-même. L'argent appelle l'argent. Sabine célèbre avait du mal à admettre que les Gondrand-Larrivière ne lui verseraient pas sur les ventes de ses prochains livres un pourcentage supérieur à celui qu'elle avait obtenu sur le premier. Elle a d'abord exigé une avance importante pour le second, sans pour autant en fournir le manuscrit. Et c'est à ce moment-là qu'elle a eu l'idée de s'adresser à un autre éditeur...

Sophie poussa un soupir, demanda d'une voix étranglée un verre d'eau, en but une gorgée avant de reprendre :

— Celle qui jusque-là se moquait du fric et le jetait par les fenêtres est vite devenue âpre au gain, ce qui s'explique mal, même si elle avait à sa décharge une enfance très, très pauvre. Elle m'a obligée à prendre anonymement contact avec les éditions Lecouvreur et, par mon intermédiaire, elle a discuté article par article un contrat très avantageux et qui, surtout, lui garantissait la totalité des droits d'adaptation cinématographiques. Elle était même persuadée que le producteur lui confierait le rôle principal du film que la société Ciné-Champs n'allait pas manquer d'en tirer.

— Et pourquoi avoir choisi les éditions Lecouvreur ?

— Parce que Ciné-Champs est propriétaire de la majorité des actions des éditions Lecouvreur. Directement du producteur au consommateur, en quelque sorte. Mais l'éditeur était pressé et nous avons alors eu l'idée de retaper le premier roman que j'avais écrit avant de la connaître. Celui qui était en cours serait pour plus tard. Et, au pire, pourrait être remis à Gondrand-Larrivière si le coup ratait. Sabine avait tout prévu, vous le voyez. Elle m'a obligée à soustraire le contrat initial de son dossier chez Gondrand-Larrivière pour y substituer le contrat où l'article 10 serait annulé. Nous avions

191

tout préparé, mais je me suis affolée après ce qui s'est passé... J'ai préféré ne pas glisser dans le dossier le contrat truqué pour laisser croire qu'on l'avait volé. Il me semblait qu'il fallait à tout prix gagner du temps. J'étais comme folle...

— Comment vous y êtes-vous prise pour tromper M. Gondrand-Larrivière ?

— Je n'ai pas eu à faire preuve de beaucoup d'imagination. Chaque vendredi matin, c'était moi qui lui faisais signer les nouveaux contrats. La dernière page, dans l'échéancier. Il signait sans relire. J'ai donc pu glisser le nouveau contrat parmi d'autres sans qu'il s'en aperçoive.

Elle se tut, porta la main à son front, secoua la tête, comme si elle refusait d'en dire plus. Puis elle reprit, avec une voix de petite fille :

— J'ai encore soif. Vous me permettez d'aller boire un verre d'eau à la cuisine ?

— Non ! Guillaume, vous voulez bien...

Un réflexe, qu'il jugea par la suite idiot. Et si elle allait s'empoisonner ? Après qu'elle lui eut rendu le verre, il demanda :

— Ce premier roman, vous l'aviez écrit avant de connaître Sabine Servier ?

— Oui.

— Vous n'avez pas été tentée alors de le publier sous votre nom ?

— J'ai présenté le manuscrit à trois éditeurs et tous les trois l'ont refusé.

— Même Gondrand-Larrivière ?

— Même lui. Mais j'avais soumis le manuscrit presque anonymement. Personne à la maison n'a su que j'écrivais. Une espèce de pudeur imbécile, un complexe... La peur que l'on ricane derrière mon dos en cas de refus...

— Et les éditions Lecouvreur l'ont pris sans hésiter ?

— Signé par un nom désormais célèbre, c'était tout différent. Lecouvreur ne prenait pas de risques. Pour être honnête et sans me vanter, ce roman est aussi bon que la plupart de ceux qui se publient aujourd'hui.

Terrail secoua la tête. Décidément, le monde de l'édition ne laissait pas de le surprendre.

— Parlez-moi du troisième roman, qui est resté inachevé et que nous avons trouvé dans les dossiers de Sabine Servier.

— Une fois encore, Sabine avait eu l'idée du scénario, que je trouvais peu crédible. Nous nous sommes disputées et elle a voulu écrire seule cette histoire qui, selon moi, ne tenait pas d'aplomb. Elle y a renoncé au bout de vingt pages et c'est moi qui, une fois de plus, ai dû tout reprendre. Mais je l'ai totalement transformée. Et puis, tout s'est définitivement gâté quand Cyprien est entré dans la vie de Sabine. A mon insu, évidemment.

— Cyprien ?

— Plus jeune qu'elle, un beau gosse, un peu gigolo, beaucoup dealer. Elle le voyait en cachette et c'est presque par hasard que j'ai appris son existence. Elle ne faisait jamais allusion à lui, elle ne se coupait jamais. Et pourtant, notre couple, si je peux employer cette expression, allait à vau-l'eau. Seul signe de ce changement de situation, un compte en banque qui fondait à vue d'œil. Je vivais dans une espèce d'état second, je ne me rendais compte de rien. J'ai mis longtemps à comprendre que j'allais être condamnée aux travaux forcés à perpétuité. Je n'ai pas rué dans les brancards parce que j'étais trop attachée à Sabine, mais je lui ai annoncé que je n'écrirais plus une ligne. C'est alors que Cyprien a fait son entrée. Et qu'il a commencé à me menacer. Ou je continuais à collaborer avec Sabine, comme il le disait, ou ils me feraient l'un et l'autre une vie impossible. Ils me menaçaient de me faire virer de chez Gondrand-Larrivière. En révélant tout, s'il le fallait. Je n'y croyais pas trop, car Sabine, dans l'affaire, avait autant à perdre que moi. C'est le soir du concert que la menace est tout à coup devenue précise.

Elle s'interrompit, jeta à l'adjudant un regard éperdu.

— Je peux avoir encore un verre d'eau ? demanda-t-elle.

Guillaume le lui servit. Elle but lentement et reprit :

— Sabine avait exigé que je lui procure un carton d'invitation pour Cyprien. Cela me paraissait extravagant, mais je n'avais pas le moyen de dire non. La première surprise, ça a été moi. Je croyais voir arriver un Cyprien en jeans plus ou moins crasseux et j'ai eu devant moi un mannequin tout droit sorti de *Vogue-Hommes !* Sabine l'a quitté pour guider les invités du patron comme cela avait été décidé et Cyprien est resté pendant quelques instants avec moi. Je lui ai dit que je n'avais pas placé le contrat truqué dans le dossier de Sabine chez Gondrand-Larrivière et que je refusais désormais d'être leur complice. Il ne s'est pas énervé mais je l'ai vu pâlir et il a gagné sa place. Entre-temps, Sabine m'avait donné rendez-vous après le concert, dans le kiosque du petit bois. La dispute a recommencé, s'est envenimée. « Perdue pour perdue, m'a dit Sabine, je vais tout raconter à Gondrand-Larrivière. Moi, je trouverai bien quelqu'un pour écrire mes livres tandis que toi, ta vie est finie, ma pauvre vieille. Gondrand-Larrivière va te virer et, après ça, plus aucune maison d'édition ne voudra de toi ! » Je l'ai poussée et elle est tombée à la renverse sur la table de marbre. Je me suis trouvée avec un cadavre sur les bras sans avoir eu l'intention de la tuer. Complètement affolée !

— Mais Cyprien ?

— Aussi curieux que ça paraisse, il avait disparu. J'ai pensé qu'il n'était pas loin pendant la dispute, prêt à intervenir. Quand il a vu comment les choses tournaient, il s'est enfui. Je me suis dit que le minable petit trafiquant de drogue ne voulait pas être confronté avec la police. En tout cas, il avait disparu.

Elle porta les mains à son visage et elle dit d'une voix monocorde, comme si les mots n'avaient soudain plus de sens pour elle :

— J'ai chargé le corps de Sabine dans ma voiture et,

194

sans bien savoir ce que je faisais, je suis allée le jeter sur une tombe du cimetière du Bignon-Mirabeau. Puis je suis rentrée aux Vigneaux la tête vide, sans ressort. Est-ce que je me rendais seulement compte de ce que j'avais fait ?

— Et vous avez pourtant été frapper à la porte de M. Gondrand-Larrivière ?

Il avait avancé cela sans en être sûr et la réponse de Sophie ne le surprit cependant pas.

— Il y avait de la lumière dans sa chambre et je l'ai vu, lui, sur la terrasse. A la fureur succédait la panique. Je lui ai tout raconté et quand je lui ai dit qu'il ne me restait plus qu'à me constituer prisonnière, il a éclaté de rire. Je m'attendais à tout, sauf à la proposition qu'il m'a faite. C'est à dire récupérer le manuscrit chez Lecouvreur en faisant valoir le premier contrat, puis terminer le manuscrit en cours, qui serait toujours signé Sabine Servier. Après quoi, il publierait mes ouvrages à venir, sous mon nom cette fois. Et Lecouvreur ne pourrait rien contre Sabine, puisque Sabine était morte ! Contre cette complicité, il me fournissait un alibi en béton, que personne ne contesterait : nous avions travaillé une partie de la nuit ensemble. J'étais suffoquée. Dans l'état de panique où je me trouvais, j'aurais peut-être accepté s'il n'avait fait de la surenchère : c'était ça ou il me dénonçait à la police ! J'étais folle, je l'ai menacé à mon tour, j'ai même essayé dans ma fureur de l'étrangler et il est tombé à mes pieds. Je suis restée pétrifiée pendant quelques minutes et quand je me suis penchée sur lui, je me suis rendu compte qu'il était mort !

Le silence, à nouveau. L'adjudant ne se sentait pas à l'aise ; il regarda et Guillaume et Pagès, aussi impassibles que lui. Il fit un effort pour demander :

— Je suppose que vous avez une explication pour la page arrachée au cahier de condoléances ?

— Dès qu'il a pu me joindre au téléphone, Cyprien a commencé à me faire chanter. J'ai fait du chantage à mon tour. Ou il se taisait, ou je livrais à la police ce que je savais sur son trafic de drogue. Du bluff, bien sûr, car je ne savais pas grand-chose. Il m'a alors dit qu'il se vengerait, que j'allais être surprise.

— Et la vengeance, c'était le cahier de condoléances ?

— Oui. Il est venu s'incliner devant le cercueil du patron et il a inscrit son nom, son adresse et son numéro de téléphone sur le cahier, ce qui n'est pas courant. Il m'a téléphoné ensuite. Il m'a dit : « Ta patronne va être intriguée par ce numéro de téléphone, elle va m'appeler et alors... » Aujourd'hui, je me dis que tout ça c'était fou et que si j'avais gardé mon calme, rien ne se serait passé. Pourquoi Mme Gondrand-Larrivière aurait-elle téléphoné à ce numéro ? J'ai arraché la page ! Et j'ai envoyé une lettre anonyme à la police pour dénoncer Cyprien. En quelques jours, j'ai fait tout ce qui m'inspire le plus d'horreur : j'ai tué, j'ai dénoncé ! Criminelle et moucharde. Et conne sur toute la ligne !

Terrail se leva, hésita à donner des ordres. Celle-là, devant lui, pantelante, brisée, sa vie à jamais gâchée, était tout autant victime que coupable. Mais il n'était pas là pour avoir des états d'âme ; il était là pour faire que justice fût rendue. Sophie se leva à son tour et dit, très calme :

— Je vous suis ?

Il avait plu un moment plus tôt et un petit air frais soufflait sur Paris. Une voiture banalisée de la gendarmerie prit Sophie Barnier en charge et Terrail se trouva un moment plus tard dans un petit bureau de la caserne Exelmans. Il allait passer une partie de la nuit à rédiger son rapport pour le juge d'instruction. Il pensait à sa gendarmerie de Ferrières, si jolie dans le paysage gâtinais ; jamais autant qu'en cet instant il n'avait eu la nostalgie des immenses champs de tournesols qu'il allait bientôt retrouver.

Achevé d'imprimer en MARS 1987
sur presse CAMERON
dans les ateliers de la S.E.P.C.
à Saint-Amand-Montrond (Cher)

Éditions du Rocher
Groupe des Presses de la Cité
8, rue Garancière
75006 - Paris

Dépôt légal : avril 1987.
N° d'Édition : CNE section commerce et industrie Monaco 19023.
N° d'impression : 346-141.

Imprimé en France